本居宣長

Motoori Norinaga

山下久夫

コレクション日本歌人選058
Collected Works of Japanese Poets

笠間書院

『本居宣長』——目次

凡例

一、本書には、江戸時代の国学者で歌人本居宣長の歌四十五首を載せた。

一、本書は、宣長の歌一首一首の鑑賞よりも、古体・近体を詠み分けたり、桜の花への思いを連作で表現する意識に迫ることを特色とし、宣長にとって歌とはどのような意味をもっていたのかを明らかにすることに重点をおいた。

一、本書は、次の項目からなる。「作品本文」「出典」「口語訳（大意）」「鑑賞」「脚注」・「略伝」「略年譜」「筆者解説」「読書案内」「付録エッセイ」。

一、作品本文と歌番号は、主として『本居宣長全集』『日本古典文学大系』に拠り、適宜漢字をあてて読みやすくした。

一、鑑賞は、基本的には一首につき見開き二ページを当てたが、重要な作には特に四ページを当てたものがある。

本居宣長

01

敷島《しきしま》のやまと心を人問《と》はば朝日《あさひ》ににほふ山桜花《やまざくらばな》

【出典】寛政二年自画讃

日本人の心にもっとも魅力的に映るものは何かと人に尋ねられたら、私はためらうことなく、朝日を浴びてまばゆいばかりに咲き誇った山桜の花と答えるだろう。

寛政二年（一七九〇）、宣長六十一歳のときの自画像に添《そ》えられた自画讃《じがさん》である。朝日を浴びて浮かび上がる桜の花の明澄《めいちょう》な輝きとふくよかな香り、屈折や暗さのまったく感じられない透明度一〇〇パーセントの歌だ。

彼の桜好きは有名で、死後は秋津彦美豆桜根大人《あきづひこみづさくらねのうし》と称するよう言い遺《のこ》してもいる。この歌は宣長の家集『*鈴屋集《すずのやしゅう》』には入っていないが、自分の命日に掲げるよう遺言書に示した。自画讃といい、彼にとっては特別な思いを

【語釈】○敷島の―「やまと（大和・倭）」にかかる枕詞。○にほふ―本来は目に訴えるパッとした印象をいう。「紫ににほへる妹」（大海人皇子）、「今日九重ににほひぬるかな」（伊勢大輔）など。

＊鈴屋集―宣長の生前に刊行

込めた歌だったのだろう。

朝日を浴びて映し出される山桜の鮮やかな色と馥郁《ふくいく》とした香り、その様子を何よりも好んだ歌と解してよい。「敷島のやまと心」とは、この場合、わが国の人々の心情をあらわす和歌の心、といった程度の意味合いでよかろう。

宣長の『新古今集』の注釈書『*新古今和歌集美濃《みの》の家苞《いえづと》』は、藤原有家の、

*朝日影にほへる山の桜花つれなく消えぬ雪かとぞ見る

という歌を「桜花の、朝日に当たれる色は、こよなくまさりて」と評して、「朝日に当たれる色」という点をクローズアップしている。掲げた歌はまさにその線に沿って詠まれているといってよい。

そもそもこの有家の歌は『万葉集』の「*朝日影にほへる山に照る月の飽かざる君を山越《やまご》しに置きて」の本歌取りであって、『万葉集』では「朝日影が映える山の月」が対象であるが、『新古今集』では朝日に「桜のにほひ」に輝いている点を宣長は評価した。したがって宣長のこの歌も、朝日が「桜のにほひ」を浮かび上がらせている点にポイントがあることがわかる。

ただ、ここには、「やまと心」の内実を殊更《ことさら》に追求する気負《きお》いはないとみる。

実は宣長には、四十四歳のときの自画像に記した「めづらしき高麗《こうま》 唐《もろこし》の花

された歌文集。「石上稿《いそのかみこう》」（宣長の和歌八千余の自筆歌稿を収めた歌集）に未収録の文詞を多く収める。

*新古今和歌集美濃の家苞――宣長の新古今集の注釈書。寛政七年（一七九五）に刊行された。

*朝日影にほへる山の……――新古今集・春上巻尾・九八・藤原有家。

*朝日影にほへる山に……――万葉集・巻四・四九五・田部《たべの》櫟子《いちいこ》。

よりも飽かぬ色香《いろか》は桜なりけり」という歌がある。「高麗唐」とは、高麗《こうらい》や唐土《とうど》すなわち朝鮮や中国を指す。そうした外国の花とは比較にならぬほど、わが国の桜の花は飽きないものだという。この歌の連続で考えると、朝鮮や中国に対する「やまと心」という意識は確かにある。が、国粋《こくすい》主義とはほど遠く、中心はやはり桜の花自体の美しさにあったのは明らかだ。

ところが、この敷島歌《しきしまうた》はその後、宣長の代表作とみなされたばかりでなく、解釈が大きく変わっていった。宣長没後に門弟《もんてい》間でこの歌を宣長の代表作と認定する一方、次第に「やまと心」の内実を譬《たと》える歌と解する傾向が強くなっていく。*平田篤胤《ひらたあつたね》は、桜をこよなく愛し美しい姿をたたえる「やまと心」といった解釈をまだ見せていたが、幕末から近代になると、「やまと心」の内実がぱっと咲いてぱっと散る桜の花の潔《いさぎよ》さとしてイメージされるようになった。*新渡戸稲造《にとべいなぞう》が武士道精神の潔さと結びつけたのはよく知られている。昭和期の戦時体制が強まるにつれ、軍人の潔さこそ「大和魂《やまとだましい》」とされ、教育現場でもそのことが重視されるようになった。その代表として、「敷島の……」の歌が駆《か》り出されることになった。宣長が本来好んだ山桜の朝日に輝く姿は、顧みられなくなったといえる。

*平田篤胤―秋田藩出身の国学者（一七七六―一八四三）。宣長に夢中入門した人として有名。しかし、宣長とは大きく異なり、民俗学や神道の一派を起こし幕末期の人士に大きな影響を与えた。

*新渡戸稲造―岩手県生まれの教育者・農学者で東京女子大学初の総長（一八六二―一九三三）。キリスト教信仰による人格感化を説き、また英文の著書『武士道』は世界に影響を与えた。

なお、この歌に関する近世後期〜昭和の戦前期の解釈の変遷については、*田中康二の著書に詳細に述べられている。今わたしたちは、この歌を皇国主義の「大和魂」として支持したり、逆に批判したりするような、近代の側からのイデオロギー解釈を離れ、江戸時代人の感性の問題として素直に鑑賞する必要がある。

さて、興味深いのは、同時代の*上田秋成《うえだあきなり》が『*胆大小心録《たんだいしょうしんろく》』という随筆の中で、この敷島の歌をけなしていることである。まず宣長の歌を誤って「敷島のやまと心の道とへば朝日に照らす山桜花」と記す。そして、このような歌を自画像に添えるなど、何と尊大《そんだい》な男だろうと非難した。ついでに宣長を揶揄するかのように、「敷島の大和心のなんのかのうろんな事を又さくら花」と記す。「うろんな」は曖昧なこと。「さくら花」の「さくら」には「ほざく」の語を掛けている。「道」とか「照らす」とか勝手に変えられた上で、いいかげんなことをほざく奴だと非難されては、宣長もたまったものではない。

*田中康二の著書―『本居宣長の大東亜《だいとうあ》戦争』（ぺりかん社・二〇〇九）。

*上田秋成―大坂生まれの読本作家で真淵《まぶち》門の国学者であったが、宣長とは終生対立した（一七三四―一八〇九）。『雨月物語』『春雨物語』がある。

*胆大小心録―秋成の晩年になった随想集。文化五年（一八〇八）の成立。

02

いと早《はや》も高根《たかね》の霞《かすみ》先立てて桜咲くべき春は来《き》にけり

【出典】享和二年刊『枕の山』

なんとまあ、高根の山々霞を先頭に立てて、早くも桜がいっぱいに咲く春がやって来たことよ。

桜の花を愛する宣長は、寛政十二年（一八〇〇）秋の夜、桜花《おうか》三百首を詠んだ。老いの慰《なぐさ》みにと思いつくままに詠んでいるうちに三百首になったということらしい。歌集名は『枕の山』*。

宣長にはすでに吉野の桜を詠んだ「吉野百首」という作品があった。前年の寛政十一年、紀州からの帰路《きろ》、吉野山*に立ち寄ったときに詠んだ連作だが、橋本で雨宿りをしつつ吉野入りを心待ちにしているとき→吉野川をわたるとき→

【語釈】○先立てて―先導役として。「面影に花の姿を先立てて幾重越え来ぬ峰の白雲」（新勅撰・五七・俊成）などに基づく。

＊枕の山―実際には三百十五首を収める。没後の享和二年（一八〇二）に刊行された歌

山路の途中→山中で桜を目にする→山を下りる→家に帰って庭桜の咲き始めを眺めるといったふうにいくつかの段階に分け、それぞれの境地《きょうち》に留まった歌を詠んでいるのが特徴である。もっともこのときは未開花の時節だったが。

今回は、枕元に咲く幻想の桜花を詠むということで、『枕の山』と称したわけだが、むろん連作三百首の配列に、工夫が凝らされていた。『枕の山』は、あるテーマに沿って流れてゆく連作なのだ。この流れを支えている宣長の感性・思想を知っておく必要がある。そこでわたしたちも、しばらく桜の花を詠み続ける宣長に付き合ってみることにしよう。

この歌は、愛する桜の花の咲き乱れる春という季節がようやくやってきた、という期待に胸を膨《ふく》らませている。だが、まだ現実に桜の花は目にしていない段階だ。桜の季節の到来を喜ぶモードに立ち止まっている。山を覆う春の霞は、まぎれもなくこれから開花する桜の先導役として立ち昇ったのだ。きっと輝くばかりに咲き誇るはずの春がその後にやってくるのだ。「べき」という期待のこもった助動詞が効《き》いている。この後、「あらたまの春にしなれば降る雪の白きを見ても花ぞ待たるる」をはじめ、子供のように桜の花の開化を待ち続ける心境を詠んだ歌が十首ほど並んでいる。以下順次、跡を追っていこう。

集で、最晩年の七十一歳の秋から冬にかけての桜の歌ばかりが並ぶ。書名の意味は、寝ながら桜花についてあれこれと詠んだということらしいが、歌の配列には巧みな工夫が見られる。

＊吉野山—現在の奈良県吉野郡とその周辺。桜の名所として知られる。宣長は自らを吉野水分《みくまり》神社の申し子だと信じていて、明和九年（一七七二）、寛政六年（一七九四）、同十一年の三回訪れている。

03

待ち侘《わ》ぶる花は咲きぬやいかならむ覚《おぼ》つかなくもかすむ山の端《は》

【出典】享和二年刊『枕の山』

こんなにも待ち侘《わ》びていた桜の花は、もう咲いたのだろうか、どうなのだろう。咲いているのかどうか心もとないほど、霞んでいる山の端であることよ。

【語釈】○待ち侘ぶる—待ちながら気をもむ。待ちきれない。○覚つかなくも—じれったい、心もとない。

桜の花が咲くことを、ひたすら待ち望んでいる。しかし、前歌と比べ、待っている段階に少し変化が生じていることに気づいてほしい。すなわち、ただ待ちわびるだけではなく、実景《じっけい》としては未《いま》だ目にしていないが咲いているのは間違いなかろう、と推測する段階に進んでいるのだ。「山の端《は》」は山の上部で空に接する部分を指すから、遠くを眺める宣長の視線は、山の方から次第に空へと動いていることになる。その間ずっと、春霞《はるがすみ》なのかそれとも桜花なのか、区別のつかない状況が続く。ここでは、「覚つかなくもかすむ山の端」がアップで映し出されなければならない。そうした中で、きっと咲いているに違いない……と、自らに言い聞かせているのである。目にしていなくても、「咲きぬや」という表現が咲いていることへの期待を物語っていよう。

　だが、基本線は、目にしていない段階で「待ち侘ぶる」心を詠むのである。したがって、状況証拠を目にした上での断定に近くなる推定の助動詞「らし」*は使えない。ひたすら待ちわびる心を消さずに、「覚つかなく」感じられる状態にとどまる趣向《しゅこう》がポイントである。

　この後、「山桜木《こ》*の芽春雨《はるさめ》ふりさけて見れども見えず咲く咲さかずや」「桜*花咲かみ咲かじはしらねども山へゆかしき春霞かな」「桜*まだしきほどに見てしがな語りて人に羨《うらや》まるべく」など十首ほどの歌が続くが、いずれも、もう咲いているのか、まだ咲いていないのか、推定し得る段階にまであと一歩、とすれば咲いていると信じるしかない。こうした推量と推定の微妙な段階にとどまる趣向を貫《つらぬ》くわけである。これは、意外と難《むずか》しい試みではないか。

＊「らし」は使えない─推定の助動詞「らし」は、確実な根拠を目にして現在の状況を推量する意をあらわすかなり確信の強い推定。

＊山桜木の芽春雨…─「春」は木の芽が「張る」、「ふりさけ」の「ふり」に「降り」が掛かっている。

＊桜花咲かみ咲かじは…─「咲かみ咲かじは」は、咲いたか咲かないかということで、「～み～み」という表現の変形。

＊桜花まだしきほどに…─「まだしきほどに」は、まだ満開にならないうちにの意。

04

桜花《さくらばな》さくと聞くより出立《いで》ちて心は山に入りにけるかな

【出典】享和二年刊『枕の山』

桜の花が咲いたと人づてに聞いたときから、花見へ出立する態勢に入り、心はすでに山入りしてしまったことだよ。

【語釈】○出立ちて―出発して。

花見のための山入《やまい》りの段階をうたっている。どうしても心の方が山入りにはやりがちになるが、身体《からだ》も山入りを進めているとみてよい。今度は、開花を待ちわびるのではなく、ようやく「待ちつけた」思いをうたっているのである。重要なのは、「待ちつけた」という境地にとどまってうたうことである。身は出立《いでたち》へと始動するが、心はすでに山入りしているのだ。いわば、心身がいささかズレながらの出立である。

こうした「待ちつけた」一齣《ひとこま》をいかにして表現に定着させるか。同じ雰囲気をうたった作に「佐保姫《さほひめ》も花待ちつけし嬉しさは今日《けふ》は霞《かすみ》の袖にあまらむ」がある。佐保姫とは、もと奈良の都の東にあった佐保山に住んで春を司る女神《めがみ》とされる。西の立田山*に居て秋を司る女神の立田姫《たつたひめ》と対比される。幾日も幾日も桜の開花を待ちわび、ようやく「待ちつけた」嬉《うれ》しい気持ち、それを春の女神とともに喜んでいるのである。「霞の袖にあまらむ」というフレーズに、喜びが一杯あらわれている。他に、「待ちつけた」思いを詠んだ歌が十三首ほど並ぶ。

ただ、この中の歌に「山深く繁木《しげ》が奥も尋ねみむ人に知られぬ花やにほふと」のような、人知れぬ奥山《おくやま》に咲いた桜の花の姿にも関心を及ぼしている歌がある点には留意しておこう。とはいえ、人知れずひそかに咲いた桜の花を愛《め》でる心持ちとは違う。「桜花さくと聞くより」子供のようにはしゃいで山入りする宣長に、ひっそりと咲く桜の美を観賞する感性はない。あるのは、桜の花に誘われて、山深くどこまでも入っていきたい思いだけだ。気がついたら人知れぬ山奥に来てしまっていたわけで、人はいなくてもあたり一面桜の花に覆われた幻想の世界に入り込んだのである。

＊立田山—竜田山とも書き、古来紅葉の名所とされた。佐保姫は春の桜や霞を演出し、立田姫は紅葉を織りなす姫とされた。

05

山遠《とほ》く見に来《こ》し我を桜花《さくらばな》待ちつけ顔《かほ》ににほふ嬉しさ

【出典】享和二年刊『枕の山』

いつもは遠くに見ていた山だが、今日ははるばる花見にやって来た。そんな私を待ちつけてたかのように桜花が美しく輝き、匂って迎えてくれるのが、たまらなく嬉しいことであるよ。

【語釈】○待ちつけ顔に―長く待っていたような顔をして。

今度は、今まで遠くに見ていた山に実際に花見にやってきた段階をうたわなければならない。「山遠く」には、実際の距離の遠さというよりも、山入りを待つ時間の長さが込められているとみてよい。近くて遠い山であったが、ついにその山の桜花を眼前《がんぜん》にした。桜の花もまた自分を待ちつけていたかのように、馥郁《ふくいく》とした匂いと輝く装《よそお》いで応《こた》えてくれたというのだ。

ここで、知っておきたいことがある。宣長は桜の花をこよなく愛したが、蕾《つぼみ》やいまだ咲ききれない花、あるいは散りかかった花の風情《ふぜい》をうたうことは決してなかったということだ。『伊勢物語』の「*散ればこそいとど桜はめでたけれ憂世《うき》になにか久しかるべき」といった歌のように、無常観《むじようかん》を漂わせつつ「散る桜」の美をみつめる世界を固く拒否する。『*玉勝間《たまかつま》』四の巻で、*吉田兼好《よしだけんこう》の風流観を厳しく批判したのは有名。すなわち、兼好の『徒然草《つれづれぐさ》』が、満開や満月だけを好むのが風流ではない、散りかかった花や欠けた月もなかなか風流心をそそるものだとしたのに対し、宣長は、満開・満月を好むのが本来の「人の心」であり、だからこそ欠乏を嘆く歌が多いのだとして譲《ゆず》らなかった。欠乏自体に風流心を見出すようなあり方は、「つくり風流《みやび》」＝似非風流《えせみやび》だと一蹴《いっしゅう》してしまう。

ここでも自分と再会して喜ぶ桜の花は、満開で、馥郁とした香りと輝きで彼を包んでくれるはずである。この趣《おもむき》は十五首ほどが並ぶが、やはり人里離れた深山《みやま》の桜への関心は高い。が、しかし、隠遁《いんとん》の美には決して向かわない。深山は彼にとってひっそりとした世界どころか、人の繁《しげ》く行き交う都の賑わいにも劣らない、満開の桜の咲き誇る春爛漫《はるらんまん》の世界だった。むしろ、馥郁とした桜花が入り口、山中、山奥という境界を無化《むか》したのである。

＊散ればこそいとど……―『伊勢物語』第八十二段・読人しらず。散るからこそ桜はめでたいのだ。この憂世にいったい何が久しく留まるものがあるというのか。

＊玉勝間―宣長の随筆。寛政元年（一七八九）頃から書き始められたらしい。彼の学問観や歌物語観などを知るには格好の随筆で、宣長学入門書としての評価も高いが、幕府への遠慮からか部分的に差し替えがみられる。

＊吉田兼好―鎌倉末期から南北朝時代の歌人・随筆家（一二八三―一三五〇）。卜部《うらべ》兼好ともいう。東国に旅したり京都の双岡《ならびがおか》に住んだりした。随筆『徒然草』は有名。

06

飽《あ》かずとて折《を》らば散《ち》るべし桜花《さくらばな》なほかくながら見てを止《や》みなむ

【出典】享和二年刊『枕の山』

眺めても眺めても満足しないからといって、枝を折るようなら、散ってしまうに違いない。それではかえって風情を壊《こわ》すことになるから、やはりこのままの状態で眺め続けるしかあるまい。

花見に夢中になっている段階の歌。あまりにもみごとに咲いていていたら、つい枝を折ってみたくなる衝動にも駆《か》られよう。だが、衝動に負けて折ってしまったら、眼前の風情はいっぺんに崩壊するだろう。今、懸命《けんめい》に衝動と闘っているわけである。桜や梅の枝を折るというモチーフは、「見てのみや人に語らむ桜花手毎《たごと》に折りて家づとにせむ」*「たづね来て手折《たを》る桜の朝露に花の袂のぬれぬ日ぞなき」*「鶯の笠に縫《ぬ》ふてふ梅の花折りてかざさむ老隠《かく》るやと」*

＊見てのみや人に……──古今集・春上・五五・素性《そせい》法師。この桜の美しさは見たからといって人には語れない。皆

など、古歌《こか》にもよくみられる。古歌では、手折《たお》ることにさほどためらいは覚えていないようだ。ルール違反という観念はなかったのかもしれない。
だが、桜花を眺める段階にとどまる宣長は、ここで手折ることへのためらいや葛藤を思い切り詠んでみせる。同じ趣向の歌が六首並ぶが、その中に「*ひさかたの天路《あまぢ》に通ふ橋もがな及ばぬ花の枝も折るべく」といった歌もみられる。いくら満開で花見客を魅了したとしても、それを折ることは、神話の「天のかけ橋」が存在しない限り不可能だと自覚しなければなるまい。もっとも、「天路に通ふ橋」と神話的な表現を用いるのはいささかオーバーだが、宣長はあえてタブー性を設《もう》けているのだろう。タブー性があってこそ、禁欲《きんよく》の思いがより一層伝わる。掲出歌においても、あくまで「なほかくながら見てを止みなむ」という段階にとどまる心を詠む必要がある。古歌にはみられない、衝動や葛藤《かっとう》を浮かび上がらせたところに、この歌の特徴をみておこう。しかし、結局は誘惑に負けて折ってしまうだろう。古歌では手折っているのに、宣長がそれに逆らって手折らずに眺め続けるとは思えない。

さんよ、枝を折って人々へのお土産にしよう。

＊たづね来て手折る…──千載集・春上・五三・源師俊。

＊鶯の笠に縫ふてふ…──古今集・春上・三六・源常《ときわ》。鶯が青柳の糸を織って笠に飾るという梅の花を折って髪飾りとしよう。そうすれば、老いの姿も隠れるだろうから。

＊ひさかたの天路に通ふ…──空高く天まで届くような橋があればなあ、そうすれば頂上高く手の届かぬ桜の花の枝を折ることができようものを。

07

暮《く》れぬとも今はしばし見む山桜《やまざくら》入相《いりあひ》の鐘《かね》は聞かず顔《がほ》にて

【出典】享和二年刊『枕の山』

たとえ日が暮れたとしても、もうしばらくは匂うばかりに咲き誇った山桜を眺めていよう。夕暮れを知らせる入相の鐘がなっても、聞こえないふりをして。

はや夕暮れが近くなって、桜の花への未練《みれん》を残しながらも帰路につかなければならない時刻になった。「入相《いりあひ》の鐘」は、日の入る頃に入相《いりあい》を告げる寺の鐘。能因法師《のういんほうし》の「山里の春の夕暮きてみれば入相の鐘に花ぞ散りける」*は有名である。能因法師の歌は、「入相の鐘」のもの哀《かな》しいまでの情趣《じょうしゅ》に、散る桜のもの哀《あわ》れさを重ね合わせて歌っており、夕暮れや散る桜自体の情趣を浮かび上がらせている。

【語釈】○入相の鐘―日暮時を告げるために寺口で打つ鐘。

*山里の春の夕暮―新古今集・春下・一一六。

だが、宣長には、散る桜の趣きを「入相の鐘」とともにしみじみ味わう興味はまったくない。彼にとっては、桜は明るい日差しの下で満開を目にするのがベストなのはあたりまえの話だ。その上で、「聞かず顔」*＝聞こえないふりをして山桜を眺め続ける。ひたすら、開花した桜の花への未練を覚える境地にとどまった歌を詠むのである。

ただ、「暮れぬとも」とあるが、実際に日が暮れてしまった状態ではなかろう。咲き誇る桜を眼前にしての歌だが、このような形で夕暮れを予期する契機《けいき》を入れるわけである。一つの段階にとどまるにしても、次の段階の予《よ》兆《ちょう》も含んでこそ奥行きが出るというものだ。「入相の鐘」とともに山を下るのが花見の風習なのだが、未練がましくそれに逆《さか》らうかのようである。

このあたり、同じ境地の歌が六首並ぶが、その中に「見てのみやただに帰らむ一枝《ひとえだ》は家つとゆるせ花の山守《やまもり》」*という歌もある。つまり、とうとう誘惑に負けて一枝折ってしまったのだ。宣長さん、これはルール違反……？　いや、前歌の折りたい衝動と闘っている段階を経《へ》た上で、土産《みやげ》にとこっそり折ってしまうのだ。花見の風流を味わう中に枝折《しお》り一、二本の土産は許されていたと考えることにしよう。かの*素性《そせい》法師も、折って土産にしたではないか。

＊聞かず顔―05に「待ちつけ顔」とあった。「〜顔」というのは宣長の好んだ表現。

＊見てのみやただに帰らむ…―見ただけであっさり帰れようか。桜の山守よ、せめて一枝くらいは家への土産に許してほしい。

＊かの素性法師も―06で見た「見てのみや人に語らむ…」の歌を参照。

08

しろたへに松の緑《みどり》をこき交《ま》ぜて尾上《をのへ》の桜咲きにけるかな

【出典】享和二年刊『枕の山』

遠くからみると、白い布の中に松の葉の緑色を織りまぜたように山の頂《いただき》の桜は咲いていることよ。

「しろたへ」「松の緑」「*こき交ぜて」と、和歌によく使われる表現を織《お》り交ぜている。『*新古今集』の雰囲気を出しているつもりなのか。「尾上《をのへ》の桜」とあるが、直訳すれば峰《みね》の頂《いただき》に咲く桜だ。「しろたへに」を「たく」（山野に自生するコウゾの古名）で織った白い布と解すると、白い布が緑と淡雪《あわゆき》の白さを包むかのように桜が咲いている光景がみえるということになる。播磨国《はりまのくに》（兵庫県）の加古川《かこがわ》河口の尾上神社境内には、有名な「*尾上の松」があるこ

【語釈】○しろたへ—白い色をいう。「しろたへの」は、衣や雪・雲など白いものにかかる枕詞。

＊こき交ぜて—古今集の歌に有名な「見わたせば柳桜をこきまぜて都ぞ春の錦なりけり」（春上・五六・素性）

とから、松の緑のイメージが反映されているかもしれない。

ただ、桜花《おうか》の満開が過ぎる頃から松の緑が盛りになってくる季節の推移を考えると、ここに歌われている光景は、桜花が全盛の位置を松の緑に明渡《あけわた》しつつある状態だともいえよう。直前の歌は、「*盛《さか》りにも鳴く鶯はさくら花散《ち》りなむことやかねて悲しき」である。鶯の鳴き声が、桜花の盛りと散り行く予兆とを兼《か》ねたもののように聴こえている。

実は、この前に折って持ち帰った一枝《ひとえだ》の桜を我が家の庭で観賞したり、柴を背負った山人《やまびと》や花見道中の人々への親愛感をうたった十四首ほどが並ぶ。したがって、掲出歌も、山を降り家に帰り着いて、花見の余韻《よいん》にしみじみと浸《ひた》っている段階を詠《えい》じたものとみてよい。とすると、山を降り里から吉野の峰を眺める宣長は、満開の桜花に静かに別れを告げていることになる。

この後に並ぶ九首ほどは、古歌の趣や宮廷《きゅうてい》と関連させつつ宣長の憧《あこが》れた平安王朝の世界を幻想させる歌である。「咲きにほふ四方《よも》の梢《こずゑ》に風もなく花の京《みやこ》はのどかなりけり」「*隔《へだ》ておほみ身は下《しも》なれば九重《ここのへ》の雲ゐの桜よそにこそ見れ」。本日体験した花見に触発《しょくはつ》された彼の心は、「花の京」や「九重の雲ゐ」といった宮廷幻想にすっかり占領されたわけである。


とある。

*新古今集の雰囲気―「詞」の続け方、比喩、擬人的表現などを駆使して余韻の残る表現や美的世界を創り上げる。

*尾上の松―「千年《ちとせ》ふる尾上の松は秋風の声こそ変はれ色はかはらず」(新古今集・賀・七一六・躬恒)、「高砂《たかさご》の尾上の松は吹く風の音にのみやは聞きわたりたり」(千載集・六五二・顕輔)など。

*盛りにも鳴く鶯は……―桜の花盛りにも鳴く鶯は、桜が散ることを前もって悲しんで泣く声であろうか。

*隔ておほみ身は……―身分の隔てとかあって私は下層にいるが、宮中に咲く桜は外から眺めるしかないことよ。

09

かき絶《た》えて桜の咲かぬ世なりせば春の心も寂《さび》しからまし

【出典】享和二年刊『枕の山』

世界のすべてが途絶えてしまって桜の花の咲かない世の中になったとしたら、春を待つ人の心も本当に風流心のない殺風景なものになるだろうなあ。

*紀貫之《きのつらゆき》作の有名な『古今集』の歌「*世の中に絶えて桜のなかりせば春の心はのどけからまし」が直ちに想起《そうき》されよう。*反実仮想《はんじつかそう》の歌としてよく引き合いに出される。桜の花というものがこの世にまったく存在しないなら、春を待つ自分の心はかき乱されずにすむのに、実際には存在するから春を待つ心がいつも穏《おだ》やかでなくなる……。

宣長の歌も、むろんこれを意識しているはずだが、どうも反実仮想的な願

【語釈】○咲かぬ世なりせば―「せば」は下の「まし」と呼応して反実仮想。

*紀貫之―延喜《えんぎ》五年（九〇五）、最初の勅撰和歌集である古今集の撰者の一人。

*世の中に絶えて桜の……―古今集・春上・五三。

望、切《せつ》なさといった響きはないようだ。「のどけからまし」を「寂《さび》しからまし」とすると、あまりにも当然のことを声を大《だい》にして叫んでいる感じになる。宣長の歌によれば、桜の花が咲かなかったら桜好きの人間の心は寂《さび》しいに決まっている、というだけのことだ。つまり、反実仮想の「せば〜まし」の働きが少しも生きてこないのである。やはり、月は満月を、花は盛りを喜ぶのがあたりまえだとして、兼好法師を批判したのと同じ傾向がみられる(05の鑑賞を参照)。

このあたりが、古歌の陰影《いんえい》や屈折した心情を理解しないとして、宣長作の歌の評判の芳《かんば》しくないところだろうか。「かき絶えて」という表現も、いささか露骨《ろこつ》な感じがする。このような宣長に、歌心・詩心がないなどと批判する人は多い。だが、再三いうように、欠乏・裏返し・屈折の位相《いそう》を美意識としては一切認めないのが宣長なのだ。反実仮想の世界は、宣長には縁《えん》がない。

掲出歌の前後には、人を恋する以上に桜の花を思い慕《した》う心をうたった歌が三十首ほど連続するが、実景《じっけい》をみながらの詠ではなく、目にしてしばらく経《へ》てからの余韻にとどまっているのが特徴である。この歌もまた、花見から帰宅後の余韻の中で詠まれているのである。

＊反実仮想—眼前の現実とは反対の、実現不可能なことを願う心をいう。「ましかば〜まし」「せば〜まし」「ば〜まし」などのパターンがある。「待てといふに散らでし止まむものならば何を桜に思ひまさまし」(古今集・春下・七〇・読人しらず)など。

10

鬼神《おにがみ》もあはれと思はむ桜花《さくらばな》愛《め》づとは人の目には見えねど

【出典】享和二年刊『枕の山』

鬼神も感動するような心があるのだろうか、桜の花を称えるとは。もっとも、そんな鬼神の姿は人の目には見えないけれど、確かに心惹《こころひ》かれているぞ……。

『枕の山』では、この次に「力なき桜にはあれど天地《あめつち》も動かしつべき花の色かな」の歌が並ぶが、ともに『古今和歌集仮名序』*の歌の効用《こうよう》を説いた冒頭部分をもじった表現であるのはいうまでもない。目には見えない鬼神を感動させるのが歌だというのであれば、桜の花にだってそれに劣らぬ力があるのだ。鬼神が感動しないはずがない。そういえば、宣長には、神代《かみよ》の神は目にこそ見えないが実在する、という考えがあった（くず花）。それは、『古今

*古今和歌集仮名序―「力をも入れずして天地《あめつち》を動かし、目に見えぬ鬼神《おにがみ》をもあはれと思はせ、男女の仲をも和らげ、猛《たけ》き武人《もののふ》の心をも慰むるは歌なり」で始まり、和歌の本質、効用、歴史な

集』の「*秋来《き》ぬと目にはさやかに見えねども風の音にぞ驚かれぬる」といった、触覚によって季節の到来を感知《かんち》するあり方と共通している。

ただ、この歌の前三十首ほどをみると、散る桜を単に惜《お》しむというより、再生《さいせい》を期《き》して神の恵みに感謝したり、相変わらず満開の桜の美を称《たた》える歌が多いように思われる。「春ごとににほふ桜の花見ても神の奇《あや》しき恵《めぐ》みをぞ思《おも》ふ」「世の中に喩《たと》へむ物もなかりけり春の桜の花のにほひは」といった感じの歌だ。宣長は、「散る桜」の無常観の美や潔さに感じ入ることは決してない。侘《わび》しさを基調とした美を好む立場からすれば、宣長の美的感覚はきわめて浅薄《せんぱく》に思えてこよう。だが、その代わりに宣長には、事物の再生を信じる神話的な思考があるのではないか。

散る桜は、惜しみつつも同時に来春の開花へのプロローグであるような自然観、おそらくそれが、神の恵みなのだ。四季の反復《はんぷく》する中で、「散る桜」は再び咲き誇る時節《じせつ》を迎えるに違いない……。こうした世界観の人が桜を凝《ぎょう》視《し》しているのである。散る桜を悲しむ中にも、再開花へのプロローグは静かに進行していると考えてみたいのだ。

どを展開する。古今集の仮名交りで書かれた序文。紀貫之の筆になる。以後、和歌が漢詩に変わって宮廷で第一文芸として重んじられるようになった。

*秋来ぬと目にはさやかに…―古今集・秋上・一六九・藤原敏行。

11

花の色はさらに古《ふ》りせぬ桜かな朽《く》ち残りたる老木《おいぎ》なれども

【出典】享和二年刊『枕の山』

桜の花の色は少しも古びないなあ。花を支えているのは、朽ち残った老木《ろうぼく》だというのに。

『百人一首』に採られて有名な小野小町《おののこまち》の「花の色は移りにけりないたづらにわが身世にふるながめせしまに」を意識した歌であることは明らかだが、小町の歌が桜花の色が移ってしまったと嘆いているのに比《ひ》し、宣長は花の色を「不変《ふへん》」と称《たた》えているのだ。その不変な「花の色」との対比で「老木」を歌っている点がいかにも宣長らしい。いったい、この「老木」と古びない「花の色」とは、どんな関係にあるのだろう。このあたり二十四首ほど

【語釈】○古りせぬ—古くはならない。

＊小野小町—生没年未詳。六歌仙の一人だが、実像は捉えにくく謡曲や御伽草子《おとぎぞうし》などに伝承として語られることが多い。

＊花の色は移りにけりな…—

「老い」と「花の色」の歌が続くが、「友は皆変はりはてぬる老《おい》の世にあはれ昔の花の色かな」「老《おい》ぬればもろく涙のちる我をはかなしとこそ花は見るらめ」といった歌から察するに、「老《おい》」とはどうやら自らも含めた人の変化を指しているように思われる。それに対して、桜花の色は不変だということか。

古今集・春下・一三〇。

むろん、盛《さか》りを過ぎればたちまち散ってしまう桜花の色だから、不変であるわけがない。にもかかわらず、不変を信じられる思いはどこから出てくるのか。おそらく、来春再び開花するまで「花の色」は続くと考えているのだ。馥郁《ふくいく》とした香りや満開の花を咲かせた木は老いていったとしても、「花の色」は目にみえずとも再開花するまで消えずに待ち続ける。来春だけではない。毎年毎年目にする自分自身は老いていき、やがて死ぬかもしれないが、「花の色」は、常に目にみえなくとも人間の個々の盛衰《せいすい》を超えて不変である。そして不変とは、*「桜花よしや今年は散りぬとも又咲く春を忘るなよゆめ」といった、来年の開花への期待を可能にする依《よ》りどころである。つまり宣長は、「花の色」を胸中深く秘めて記憶したまま、次の開花の時節を待ち続けるだろう。

*桜花よしや今年は……──桜の花よ、よし今年は散ったとしても、また咲く来年の春を決して忘れてはならないぞ。

12

花さそふ風に知られぬ陰《かげ》もがな桜を植《う》ゑてのどかにを見む

【出典】享和二年刊『枕の山』

せっかく咲いている桜の花を散らしてしまおうと誘う風、そんな風に見つからない木陰《こかげ》があったらいいなあ。そうすれば、そこに桜の木をひそかに植えてのどかな気持ちで観賞できるのに。

桜の花を散らす無情《むじょう》な風から逃れたひっそりとした場所、庭の木陰《こかげ》でもよいからそんな場所をみつけ桜を植えて心ゆくまで観賞したい。実現不可能な願望をあらわす終助詞《しゅうじょし》「もがな」を用いて、現実にはあり得ぬ状況を願う。『枕の山』をみると、先にあげた桜の花を眺めながら自らの老いを嘆く歌が続いた後、桜の花が散ることを惜しむ歌が百首以上も並んでいる。その中に、風の無情さをうたった歌も十首以上はみられる。散る桜への人の心の未《み》

【語釈】○陰もがな―「もがな」「がな」は不可能に近いことを願う意をあらわす終助詞。○のどかにを―「を」は願望を示す間投助詞。

練《れん》、散らせぬ方法はないものかと願う歌、来年の桜の開花を健気《けなげ》に期す歌、涙目で桜の散るを眺める歌もある。

花を散らす無常な風は古歌《こか》にもよく詠まれた題材だったが、「散る桜」自体に侘《わび》しさの美を見出す価値をまったく認めない宣長には、「桜」と「風」の取り合わせは、散るを惜しむ気持ち以外にはあり得ない。吉田兼好《けんこう》の風流*観を「花に風をまち、月に雲をねがひたる」ような「つくり風流《みやび》」だと批判するのが宣長だ。

ただ、『枕の山』では、「散る桜」に関する歌数の割合は圧倒的に多いにもかかわらず、開花《かいか》を待ちわび山に入るまでの歌にみられた、心境《しんきょう》の微妙な段階にとどまって詠み続ける傾向はうかがえない。むしろ、いかにして「散る桜」という現実を受け止め、次の開花を期すべく安定した心境を得るかに腐心《ふしん》しているようだ。しかし、桜の花への未練はしつこく継続しているのが目につく。未練を歌い続けることで、今は隠《かく》れている「花の色」に訴えかけているのか。風にもみつからずにひっそりと咲いている桜花は、「もがな」*の世界である。だがそれは、来春の再生《さいせい》を期しつつ老木の中に隠れる「花の色」が馥郁たる時を得て匂《にお》うのを「待つ」歌でもある。

＊吉田兼好の風流観—05・09で触れた。

＊「もがな」の世界—「〜であればなあ」と、実現不可能なことを願う心を表現した世界。

13

春をおきて五月《さつき》待ためや時鳥《ほととぎす》桜てふ花咲くと知りせば

【出典】享和二年刊『枕の山』

五月になってほととぎすが鳴くが、もし桜という花のいっぱいに咲く春のすばらしさを知っていたら、そんな春をさしおいて五月まで鳴くのをゆうゆうと待っておれるだろうか、とても待ちきれまい。

桜の花の季節はすっかり終わり、ほととぎすの鳴く五月となった。普通なら、桜のうたわれることのない季節である。しかし宣長は、散った後も依然として「桜の花」にこだわり続ける。11で述べた「花の色」は、目に見えずとも不変なのだ。再生の時期まで隠れているだけである。だが、こうした詠《えい》歌《か》のモチーフは、古歌にはみられない宣長独自のものだとみてよい。神話時代の神々の痕跡《こんせき》を重視する国学者*宣長ならではの歌に思われ、興味深い。そ

【語釈】○春をおきて―春というものを一方に残しておいて。「おく」は見捨てるの意の「措《お》く」。○知りせば―「せ」は過去の助動詞「き」の未然形。知っていたならば。

*国学者―江戸時代中期に興

もそも古歌に、「桜」と「ほととぎす」の取り合わせが如何《いか》ほどあるだろうか。「ほととぎす」がうたわれ始めるのは、やはり桜の季節が去った後にちがいない。

ここでは、桜の花の季節の余韻《よいん》が少し残っている段階にセットしてあるわけだ。桜の季節から次第に遠ざかってゆくのだが、桜にこだわりつづけたまま季節が推移《すいい》する。「桜の花」と「ほととぎす」との間には、ズレがある。このズレをしみじみ味わいながら、来春の再開花を待ち続けるというわけだ。

そういえば、『枕の山』は秋の夜長《よなが》に作られた連作《れんさく》であった。他に、*「春ならば花見せましを時鳥《ほととぎす》桜が枝に来つつ鳴くなり」*「をちかへりいかに鳴かまし郭公《ほととぎす》桜咲くころ来たらましかば」など同趣向の歌が数首並ぶが、「桜の花」への単なる未練がましさではなく、来期の開花を辛抱《しんぼう》強く待とうという気持ちになりかけているような気がする。こうみてくると、宣長という人は、眼前に咲き誇る満開の桜をただ単純に称賛《しょうさん》するのではなく、開花とは異なる時期との取り合わせから生じるズレをも味わっていたように思われる。あるいは、桜の季節が変容《へんよう》していく過程を楽しんでいるのかもしれない。散ることに対してもまた、単純に嘆《なげ》くだけの人ではないようだ。

った日本古来の道を重んじる復古主義的学問の推進者たち。古典を研究する中で、わが国の根本となる民族精神を明らかにしようとした。契沖《けいちゅう》・荷田春満《かだのあずままろ》・賀茂真淵《かものまぶち》、そして宣長らがその代表である。ただ、和歌・物語を中心にみていくか、神道を中心にするかで、国学者の範囲が変わってくる。

＊春ならば花見せましを…——時鳥が花の散った桜の枝の上で鳴いている。もし今が春であったら、お前に桜の花を見せてやりたいものだ。

＊をちかへりいかに鳴かまし…——敦公よ、お前が桜の咲く頃に来たのであったら、お前は若がえってどう鳴くのだろうか。「をちかへり」はもう一度戻ってくること。

14

駆《か》けり来て桜が枝にとぶ蛍散《ち》りにし花の魂《たま》かあらぬか

【出典】享和二年刊『枕の山』

駆けつけてくるかのように桜の枝をめがけて飛んでくる蛍、それは散ってしまった桜花の魂の化した姿ではないか、いや、そうではあるまい。だが、ひょっとしたらそうかもしれぬ……。

夏になって、とうの昔に散ってしまった「桜の花」のモチーフを手放さないでいる歌。あんなにも咲き誇った桜花だ。「花の魂」となって、今でも残っていないものか。こんな思いを抱いて夏の桜木《さくらぎ》をしみじみ眺める人など、他にいるまい。現在の私たちでも、夏に桜並木の下を通るとき、花見の情《じょう》趣《しゅ》を想起《そうき》することはほとんどないのではなかろうか。蛍が何かの魂の化身《けしん》であるとはよくいわれることだが、古歌《こか》においても、さすがに「桜の花」と

【語釈】○駆けり来て―駆けて来て。○魂かあらぬか―魂かそうでないか。

＊魂の化身―和泉式部の歌に「物思へば沢の蛍もわが身よりあくがれ出づる魂かとぞ

「蛍」とを結びつけた例は見当たらない。
だが、宣長は、散った「花の魂」と「蛍」とを二重化して捉《とら》える奇抜《きばつ》な趣向を試みるのである。「花の魂」とは、11、12歌でみた「花の色」と同じで、たとえ花が散った後でも老木の中に隠れている、不変的な何かに違いない。桜の枝をめざして駆け飛んでくる蛍、それはまるで、開花期の華《はな》やぎの痕跡＝来春の萌芽《ほうが》の種、を大切に守ろうとする象徴のように宣長には映《えい》じたのではないか。

たとえ一夜の連作*という設定であったにせよ、このような詠歌をなさしめるのは、桜の花が散ってもそれは来期にまた開花するという、再生のモチーフに貫《つらぬ》かれているからだろう。もっといえば、人間は老いて死んでいくが、桜の花は散っても再生し開花する。「花の色」＝「花の魂」が存するかぎり不変だ。夏になっても、桜の季節の情趣を決して忘れない。それどころか、蛍の季節になれば逆にそれを媒介《ばいかい》としてまた桜を想起するのだ。これはもはや未練などではない。この季節のズレ、あるいは二重奏を楽しんでいるとさえいえよう。四季の循環《じゅんかん》する中での「待つ」とは、案外こういうものかもしれない。

見る」という有名な歌がある（後拾遺集・雑五・一一六二）。

＊一夜の連作――一晩のうちに次々と詠んだ歌。但し、むやみやたらと並べるのではなく、ある法則に従ったり、前の歌と関連させたりして詠む。

15

松はあれど桜は虫の名にだにも聞《きこ》えぬ秋の野べのさびしさ

【出典】享和二年刊『枕の山』

秋になっても松は春に変わらず生い茂っているが、桜は、松虫のように秋に鳴く虫の名前にすら耳にすることができない。何とまあ、物寂しいことよ。

『枕の山』の連作が行われた秋の半ば過ぎの歌。桜とはちょうど反対の季節で、わざわざ春の桜への思いを引きずっての歌だということになる。常緑《じょうりょく》樹《じゅ》の松が秋たけなわの頃、桜の名が虫の名前にさえ現われないのは当然である。虫も声またその名とともに秋を謳歌《おうか》しているだろう。古歌においても、宣長のように秋の虫を詠む中で桜花への思いを混ぜたものは存在しないのではないか。その点宣長は、風変わりな心情設定*の下に、あえてこうした歌を

【語釈】○虫の名にだに―「松虫」には「松」の名があるのに、桜には「桜虫」といった名さえないという。

*風変わりな心情設定―季節が秋であるにもかかわらず、

詠もうとしているわけである。これまで誰も指摘していないが、宣長にとって歌とは何だったのかと問うとき、一つの糸口《いとぐち》となるように思われる。

それにしても、秋の真《ま》っ只中《ただなか》で眼前の松を眺めながら、まるで二重写しのように春の桜を幻視《げんし》する。あるいは、秋という現実の季節になってみて、はじめて「春」を反省的に捉え、春そのもののときにはみえなかった何かが宣長の心中に去来《きょらい》しているのかもしれない。のどもと過ぎても熱さを忘れないわけで、そのあたりを捉えるところ、いかにも宣長らしい。「立田姫桜色にも染め分けよ紅葉《もみぢ》にまじる花と見るべく」「桜ちる木のもとならば猶《なほ》いかにあはれならましさ牡鹿《を》の声」など十七首が並んでおり、「秋」と「春」の二重奏を楽しんでいるようである。

こうした正反対の季節から詠む発想の根底を問うたとき、春夏秋冬の推移を、四季の移り変わりを中空《ちゅうくう》から眺めるように包括的にみつめる視座《しざ》が感じられる。それは、「神」の視座に違いない。宣長が、この世の出来事は悉《ことごと》く「神の御所為《みしわざ》」*になるものだと強調したのは周知のことである。季節の推移を重視しつつもそれに翻弄《ほんろう》されない超越的な視座があるから、来春の桜花開花も待てるのではないか。

あえて春の桜花を詠むという、歌の約束事からは外れた設定。

*神の御所為―この世の出来事は善きも悪しきもすべて神の所為によるもので、人間の知力ではどうにもならない、という宣長独自の世界観。古事記伝等に多く見える。

16

桜花散《ち》りて流れし川風《かはかぜ》も又身にしみて千鳥《ちどり》なくなり

【出典】享和二年刊『枕の山』

かつて散った桜の花をいっぱいに浮かべて流れていた川、そして散らした風、冬の今になるとこれらの川風は千鳥の鳴く声とともによけい身にしみてくるよ。

時節は、今や真冬である。千鳥が鳴いている。まだ、春の気配も感じられない。真冬の川風《かわかぜ》の冷たさが身にしみつつ、かつてこの川には散った桜の花がいっぱいに流れていたのだ。散る桜を惜《お》しんでいた光景が、単に思い出されるのではなく、二重写しになるかのように眼前に幻視されているとみてよい。わたしたちの日常においても、ある特定の季節のみに大いに賑《にぎ》わう場所に時節をまったく違《たが》えて訪れたとき、ふと何か感じるものがないだろうか。

【語釈】○千鳥―古来、冬の河原や海べに鳴く鳥として詠まれてきた。「思ひかね妹《いも》がり行けば冬の花川風寒み千鳥鳴くなり」（拾遺集・冬・二二四・貫之）など。

「川風も又身にしみて」といった状態で佇《たたず》んでいると、何やら「桜花散りて流れし川」をしみじみ眺めた頃が幻《まぼろし》のように浮かんでくる。そう、それは確かにこの場所なのだ！　そのとき聴こえる季節の二重奏は、物寂《ものさび》しさといった気持ちとは異なる、四季の推移そのものをすっぽりと目にする視座を得たような不可思議なものではないか。こうやって季節はくり返されていくのだなあ……と。

千鳥の鳴き声を聴きながら、宣長はそんなことを感じていたのではないか。一首のみの鑑賞を超えて、これまでみてきた連作の中において考えると、眼前《がんぜん》とは異なる時節の記憶を幻視しながらの歌だと解釈してみるのも面白いではないか。

したがって、散る桜を惜しむ宣長ではあるが、その感性に未練ばかりをみるのは正しくない。春を浮かべていた川が、冷たくしみる冬の風をもたらす川に変容《へんよう》している、宣長は案外そのあたりを楽しんでいたのかもしれない。

冬の歌が十首並ぶが、次第に立春《りっしゅん》へと向かい、『枕の山』三百首の最後は「*子《ね》の日には桜も引きて植ゑて見む松に習ひて千世《ちよ》を経《ふ》るかに」で結ばれている。再び、桜の季節が、まさに目にみえる形でやってくる……！

＊子の日には桜も引きて……――正月の子の日には小松を引くものだが、松に習って桜を引いて植えてみようか。そうすれば、桜も千年を生きるかもしれない。

17

うつせみの世の人言《ひとごと》は繁《しげ》くとも吾《あれ》は見にこむ妹《いも》があたりを

【出典】「石上稿《いそのかみこう》」六

恋しい女のいなくなったこの現実世界、人の噂《うわさ》や非難などはあいかわらず頻繁《ひんぱん》に耳に入るかもしれないが、それでも私はやはり訪れることにしよう。今は亡き愛《いと》しい恋人が住んでいたこのあたりに。

【語釈】○うつせみの―この世に生きるはかない人間という意味から、身・命・人・世などにかかる枕詞。○人言―人のうわさや悪口。○妹―恋人の女性を表す古代語。

柿本人麻呂《かきのもとのひとまろ》が亡き妻を悼《いた》んだ「泣血哀慟歌《きゆうけつあいどうか》」の「*我妹子《わぎもこ》が　やまず出で見し　軽《かる》の市《いち》に　我が立ち聞けば……」の俤《おもかげ》が感じられなくもない。「吾は見にこむ妹があたりを」は、いかにも万葉集の模倣である。だが、実はこの歌は、宝暦十三年（一七六三）に出会った*賀茂真淵《かものまぶち》に自らの後世風の歌をこっぴどく叱責された直後、はじめて「*古体《こたい》」として詠んだ十一首の一つである。宣長は元来、*堂上派《とうしようは》（二条派末流）の歌風で育ち、真淵のように万葉

＊我妹子がやまず出で見し…

風の歌に熟達《じゅくたつ》することなど考えもしていなかった。真淵からは、歌ともいえない俳諧と変わらないぐらい卑しい作だ、こんな歌を作るくらいなら、今後『万葉集』に関して私への質問なども止めにしてほしいとまでいわれた。そこで馴《な》れない「古体」を詠んでみたわけである。したがって、実体験に基づいた歌ではない。

確かに、古語（万葉語）を並べてみただけという感じがする。真淵の最も重視した『万葉集』特有の「調《しらべ》」＝音調には程遠い。この他、「桜花明日も来て見むぬばたまの夜の嵐に散りこすなゆめ」など十首がならんでいるのだが、「古体」そのものといった感じの歌ではない。一般的には、『万葉集』の歌風《かふう》を学び作歌のための修練《しゅうれん》を積んで万葉歌人と呼ばれる境地をめざすのが常道《じょうどう》だろう。だが、宣長は、古今風や新古風の歌も多く作る。かといって、古今歌人、新古今歌人と呼べるような歌風ではない。「古風」「後世風」を使い分けて詠む。掲出歌でも、「世の人言は繁くとも」「吾は見にこむ妹があたりを」といった、万葉風の言葉や表現に慣れようとしているだけではないのか。それでも宣長は、この種の歌を何のてらいもなく営々《えいえい》と詠み続けた。いったい彼にとって、歌を詠む意味はどこにあったのか。またしても考えてしまう。

—万葉集・巻二・二〇七・人麻呂。

＊賀茂真淵—遠江国出身の国学者（一六九七—一七六九）。万葉集を理想の歌集として掲げ、万葉風の歌を詠んで古代の精神に復帰することを主張した。松坂で宣長と会い、子弟関係を結ぶ。

＊古体—宣長は賀茂真淵と出会って以降、自らの歌を、万葉風に倣った「古体」＝古風と、古今集以降の歌風を模した「近体」＝後世風とに分けて詠んでいるが、この詠み分けは、近世歌人からは評判がよくなかった。

＊堂上派—近世において公卿を宗匠にした流派で、藤原定家以来の二条派の伝統を守る。宣長は、当初二条派末流の法幢《ほうとう》に指導を受けた。

18

あし引《ひき》の嵐も寒《さむ》し我妹子《わぎもこ》が手枕《たまくら》離《か》れて独寝《ひとりぬ》る夜《よ》は

【出典】「石上稿」七

今夜吹く嵐も本当に寒く感じることよ。これまで寝るときに親しんでいた恋しい女の手枕を離れて独り寝している夜だけに、なおさらだ。

【語釈】○我妹子―恋人や妻を指す万葉語。○手枕―相手の腕を枕にして寝ること。○離れて―「離《か》る」は「離れる」の古い言い方。

明和《めいわ》二年（一七六五）の「古体《こたい》」十一首と称した中の一首。「ひとり寝《ぬ》る」という題詠《だいえい》である。「あし引の」は「山」「峯」にかかる枕詞《まくらことば》。だがここでは、山そのものに用いられているようであり、「あし引の嵐」＝山嵐《やまあらし》と解してよいだろう。恋人の手枕《たまくら》を離れて独り寝をする夜は、山や峰から吹き下ろす風がひとしお身にしみるというわけだ。わかりやすい歌には違いない。

真淵に出会って始めて試みた「古体」（例えば17の歌）から二年後の作だ

が、少し万葉歌的な雰囲気らしいものは感じられるか。それでも、「あし引の嵐も寒し」とくぎられると、嵐に「あし引き」という古語を単に付加しただけの感じになり、万葉の世界を髣髴《ほうふつ》とさせるというわけにはいかない。下《しも》の句は、それなりの雰囲気が出ているようにも思えるが、「*……吾妹子《わぎもこ》と二人わが寝し　枕づく　嬬屋《つまや》の内に　昼はも　うらさび暮し　夜はも　息づき明し　嘆けども……」のような恋しい人の手枕が今はもうないのだと叫ぶ人麻呂の「泣血哀慟歌《きゅうけつあいどうか》」の衝迫《しょうはく》とは程遠い。

だが、宣長の歌は衝迫力に欠けた下手な出来栄《できば》えだなどと、一蹴《いっしゅう》しないでほしい。彼は、古語に慣れればよいのだ。万葉集に似た歌風をめざす近世の万葉派歌人たちとは、明確に距離をとり、「古体《こたい》」と「近体《きんたい》」との詠み分けをして大方の顰蹙《ひんしゅく》を買うことも辞さなかった人だ。*万葉歌人を気取る近世の歌人を嫌っていたというのが、なかなか面白いところだ。その代わりに、「古体」「近体」の詠み分けを披露する。歌人としては理解しにくいこうした態度を可能にする視座《しざ》は、いったいどこに求めたらよいのか。どうやら宣長は、「古体」も「近体」＝後世風も見渡せる地平に立っているようだ。

*吾妹子と二人わが寝し―万葉集・巻二・二一〇。人麻呂の泣血哀慟歌の二首目。

*万葉歌人を気取る近世の歌人―宣長は、誰か特定の歌人を名指しで批判しているわけではない。おそらく念頭には、江戸派と呼ばれた加藤千蔭《ちかげ》・村田春海《はるみ》・清水浜臣《はまおみ》ら真淵の弟子たちを置いていたと思われる。

19

八島国《やしまくに》ひびき響《とよ》もすかぐつちの神の荒《あら》びは畏《かしこ》きろかも

【出典】「石上稿」十五

この日本国を根本から揺るがすほどの地震のものすごい響き、迦具土《かぐつち》の神の荒びた力は何と畏《おそ》れ多いことであろうか。

天明《てんめい》三年（一七八三）七月に起きた信濃《しなの》の国浅間山《あさまやま》の噴火を詠んだ歌で、古風をあらわす「古」という語、および○印が付いている。彼自身、秀歌《しゅうか》と自認したことを示す。浅間山噴火は、約二千人の死者を出し、関東一円に降灰《こうかい》が及んだという。噴火の響きが松坂のあたりにまで聞こえたのであろうか。

確かにこの種の歌には、宣長は自分の想いを込めやすいのかもしれない。伊邪《いざ》「ひびき響《とよ》もす」とは、地響きを立てて山川草木《さんせんそうもく》を揺《ゆる》がす状態を指す。

【語釈】○八島国—神話で八つの島から成るという日本国全体を指す。○かぐつちの神—「迦具土の神」と書く。イザナギ・イサナミ二神の子で火を司る。○畏き—おそれ多い、畏怖《いふ》すべきである。

那岐神《なぎのかみ》に伊邪那美神《いざなみのかみ》の住む黄泉国《よみのくに》へ行きたいと訴えて泣き叫び、山川草木を枯らし、天照大神《あまてらすおおみかみ》への別れの挨拶のため高天原《たかまがはら》に参上するときに地響きをたてた須佐之男《すさのお》神が想起されよう。「八島国」とは、もちろん日本国を指す神話的呼称である。また、「かぐつちの神」(迦具土神)といえば、火の神。伊邪那美神はこの神を生む時に女陰を焼かれ、死者の住む黄泉国に隠れてしまった。伊邪那岐神は怒って、迦具土神《かぐつちのかみ》を切り刻《きざ》む。

いずれにしても、宣長は、浅間山噴火を媒体《ばいたい》に、神話的世界へ思いを馳《は》せている。「響《とよ》もす」「かぐつちの神」「荒《あら》び」「畏《かしこ》き」など、神話の言葉が並ぶ。彼は、スサノヲの荒びを、天明の時代に再現しているような思いだったに違いない。宣長は、「古体」を詠むのであれば、こうした歌を詠みたかったのではなかろうか。

この世の出来事はすべて「神の御所為《みしわざ》」だと事あるごとに説き続けた宣長は、特に、スサノヲの荒びをはじめこの世のあらゆる「凶悪事《まがごと》」は、すべて「禍津日神《まがつびのかみ》」の所為《しわざ》になるものとした。しかし、上田秋成《うえだあきなり》は、浅間山噴火の際に「浅間の煙」なる随想を著《ちょ》し、人智では予期し得ぬ自然の脅威をすべて「禍津日神」の所為に帰《き》してしまう宣長を批判している。

*黄泉国—記紀神話において死後に赴く世界。穢《けが》れの世界でもある。伊邪那美命が死後に黄泉国に下ったが、それに逢いに行った伊邪那岐命は、穢れに触れてしまったので逃げかえり、黄泉《よもつ》平坂《ひらさか》で大岩を用いて黄泉国と絶縁した。

*高天原—記紀神話において、天上界にあり、天《あま》つ神と呼ばれる神々が存在する世界。日の神アマテラスが支配する。

*上田秋成—01参照。

20

古事《ふること》の文《ふみ》らを読めば古《いにし》への手振《てぶ》り言問《ことと》ひ聞《き》き見るごとし

【出典】「詠稿」十八

わが国の古い時代の事柄を記した書をじっくり読むと、古人の動作や神々・草木の発話する様相がじかに見聞したかのようによくわかってくることよ。

「*書ヲ披《ひら》キ古ヲ視ル」という*兼題《けんだい》だが、いうまでもなく、寛政《かんせい》十年（一七九八）九月十三日の夜、『*古事記伝《こじきでん》』完成を祝して鈴屋《すずのや》と呼ばれた自家で詠まれた歌である。秀歌か否かとは関係なく、是非とも取りあげておかなければなるまい。もっとも宣長は、「古体《こたい》」の歌としても自信があったのか、○を付けている。顧《かえり》みれば、『古事記伝』は明和元年（一七六四）に起稿《きこう》して以来、実に三十五年の歳月を費やしての執筆であった。

【語釈】○古事の文―古事記や日本書紀・万葉集などの古代の事跡を書いた文献。○言問ひ―言葉で尋ねることだが、ここは言葉を発するということであろう。

*書ヲ披キ古ヲ視ル―古書を開き読み込むことで、今の

「古《いにし》への手振《てぶ》り」とは、古代人の仕業《しわざ》・動作。「言問《ことと》ひ」は草木とも対話する古代人のありようだ。それらを「聞き見るごとし」という状態こそ、宣長の最も理想とした境地であったのはいうまでもない。人の「意《こころ》」と「事《こと》」と「言《ことば》」は大方一致するもので、古代には古代の「意・事・言」*があり、後世は後世のそれがある。だから、後世の人間が古代を知るには、古代の「意・事・言」に通じなければならぬ。「意」と「事」は結局「言《こと》」に込められるから、後世《こうせい》の者としては古語を古代の時代性に即して理解することが肝要《かんよう》である……。宣長は、こうした信念に支えられて『古事記伝』を執筆し続けてきた。

ただ、「聞き見るごとし」とはいっても、彼はそのような境地に容易に到達できるとは思っていない。なぜなら、彼は後世人《こうせいじん》だからだ。後世人という宿命を負っている以上、古代人になりきることは、永遠に不可能だと考えてよい。重要なのは、「古へ」をめざして日々精進《しょうじん》するプロセスそのものなのだ。プロセスを無視して古代人になりきったと思った時、それは自己満足に陥《おちい》り、知的営為《えいい》の終焉《しゅうえん》を意味すると思われる。万葉風の歌を量産することで万葉人の心がわかったような顔をしている当世の万葉主義者、宣長はそんな「古へ」のめざし方とは明確に一線を画《かく》したのである。

世にありながらまるで古えを透視するかのように知るという意味。宣長が理想とする境地。

＊兼題―和歌や俳句を詠む際に、あらかじめ出しておく題。

＊古事記伝―日本書紀に比べて本格的に取り上げられてこなかった古事記は、宣長によって古代を明らかにする文献としてはじめて正面にすえられた。宣長は注釈を通して、わが国の古語と古代の精神を示そうとした。

＊意・事・言―「意」とはさまざまに動く人の思い、「事」とは事柄・事件、「言」とは文献に記された言語をそれぞれ指す。

21

立ちかへり世は春草《はるくさ》の栄《さか》ゆれど神の屋代《やしろ》は冬枯《か》れのまま

【出典】「詠稿」十八

毎年毎年世間では春草は繁栄を繰り返すけれど、わが貴き神の道をあらわす神社は、冬枯れのように荒廃したままではないか。何と嘆かわしいことよ。

前項の『古事記伝』完成を振り返る歌と同じ時期の詠《えい》である。理想の古代と、その変容《へんよう》した姿であるはずの眼前の神社の荒廃ぶり。宣長は、『古事記伝』執筆の過程で、＊記紀神話《ききしんわ》の神々たちのいろいろな貌《かお》や行為に出会っている。それらの神々は、江戸時代になっている今、しかるべきところに祭《まつ》られているであろうか。儒教《じゅきょう》や仏教に押されて、鎮魂《ちんこん》される場所を見出せないでいるのではないか。彼の愛した桜の花は、歌集『枕の山』で示したよう

【語釈】○屋代―神を祀《まつ》った聖なる場所。「社《やしろ》」と同じ。

＊記紀神話―古事記上巻や日本書紀の神代《じんだい》の巻に載る神話。

に、盛りが過ぎても来春の開花期＝「立ちかへり世は春草の栄ゆ」る時節、を待ち続ければよい。だが、今の世の神社は……！

　宣長は決して後世人としての自分を忘れていない人だった。記紀神話の神々たちと対話を重ねながらも、一方では、その理想の古代は今（近世）ではどうなっているのか、という問題を決して手放さなかったと思われる。*『玉勝間《たまかつま》』九の巻に、人間は皆神の恩恵《おんけい》で生きているのに、この平和な世の中にあって古い諸々《もろもろ》の神社が荒廃したままになっている状況を憂え訴える者もいないのは本当に嘆かわしいと述べた後、「治まれる御代《みよ》のしるしを千《ち》木《ぎ》たかく神の社に見るよしもがな」という歌で結んでいる。神社の荒廃は、古代の「神の道*」が正しく展開していない証拠だ。宣長は、わたしたちの想像以上に、この歌に憤《いきどお》りを込めていたのではないか。彼にとっては、徳川時代の平和を謳歌《おうか》しつつ、なお由緒ある神社が手厚く保護されている状態こそが最も望ましい現実だったと思われる。それは、「立ちかへり世は春草の栄」えるような自然の循環を、神の恵みとする人の願いでもあった。しかし、その願いの実現は、ことのほか困難だ！

*玉勝間―05参照。

*神の道―宣長は、仏教や儒教の立場によらず、古事記を中心とする古典研究に基いた日本古来の道を「神ながらの道」と呼んだ。

22

うまさけ鈴鹿《すずか》の山を朝越《けさこ》えてわぎ家《へ》の方《かた》はいや離《さか》りきぬ

【出典】「詠稿」十八

おいしい酒をするというわけではないが、その鈴鹿山を朝早く越えて振り返ってみると、我が家の方からはるかに離れたここまで来てしまったことよ。

【語釈】○うまさけ―「味酒」と書く。○鈴鹿の山―三重県鈴鹿郡と滋賀県甲賀郡の境にある山。伊勢から京へ上る途中にある。○いや離り―ますます離れて。

「うまさけ」は、むろん『万葉集』に出てくる枕詞《まくらことば》で、「*味酒《うまさけ》　三輪《みわ》の山あをによし　奈良の山……」、「*味酒を三輪の祝《はふり》がいはふ杉……」など「三輪の山」にかかることが多い。神酒《みき》を古くは「みわ」といった。また、酒は醸《か》んで（発酵させて）造ることから、「醸《か》み」の縁で「神」にもかかるとされる。神酒造りの言葉なのだが、これを酒を「すする」の語にかけて鈴鹿山《すずかやま》を導き出す手法は、*俳諧的《はいかいてき》な感じさえする。実際、酒でもチビチビとすすりな

*味酒三輪の山……―万葉集・巻一・一七・額田王。

がら鈴鹿の峠《とうげ》までやってきて、我が家から遠く離れたことを実感しながら眺めているのか。

だが、古代神話の世界をあれほど深く追究《ついきゅう》するにもかかわらず、宣長の歌からは神話の世界の神々《こうごう》しさ、神秘主義の深遠《しんえん》さは伝わってこない。万葉主義を標榜する歌人のように、自らを万葉人に同化《どうか》する歌を詠もうと必死になる傾向とは、明らかに距離をおいている。古風《こふう》を詠んでいる主体があくまで後世（江戸時代）の人間であることを忘れ万葉人を気取っている万葉主義者、これがよほど気に入らないのだろう。

「わぎ家」は我が家の意。*記紀歌謡に「*わぎへの方よ雲居《くもゐ》立ち来《く》も」があり、「*八十隈《やそくま》ごとに万《よろづ》たび返り見すれどいや遠《とほ》に里離《さとさか》り来ぬ」等の趣きも生かされていよう。これとて、万葉人の心に感情移入するといったモチーフは感じられない。むしろ彼は、日常生活で外国語をごく自然に流暢《りゅうちょう》にこなすような「古語」への通暁《つうぎょう》を目指していたように思われる。古代に復したいという憧憬《しょうけい》ではなく、逆に記紀や万葉の言葉を自由に駆使《くし》しながら自らの生きる江戸という時代で暮らしてみる、彼はそうしたあり方を理想としていたのかもしれない。

*味酒を三輪の祝が……—万葉集・巻四・七一二・丹波大《たにはのおほ》女娘子《めのをとめ》。

*俳諧的—俳諧は元来伝統的な表現を滑稽化・パロディー化するのを本領とする面がある。ここでも軽妙に語をかけている点に俳諧性をみてもよい。

*記紀歌謡—古事記と日本書紀に収められている歌謡の総称。

*わぎへの方よ雲居立ち来も……—古事記・中巻・三二。

*八十隈ごとに万たび……—万葉集・巻二・一三八・人麻呂。

23

玉くしげ都とここととわが背子《せこ》に飽《あ》かでふたたび別れなんかも

【出典】「詠稿」十八

玉櫛笥《たまくしげ》の身と蓋《ふた》のように、親愛なる君に都で行き逢い別れ、それでも別れきれずに再び一緒にいることになり、そして今再度の別れをしようとしていることよ。

宣長が亡くなった享和《きょうわ》元年（一八〇一）の作である。「玉くしげ」の「玉」は称美《しょうび》の言葉で、「くしげ」は櫛《くし》を入れる箱の意。「身」や「開《あ》く」にかかる。ここでは、「身—都《みやこ》」「開《あ》かで」—「飽《あ》かで」といった用い方をしている。その身と蓋《ふた》とがまだ開かない内にまた一緒になり、そして再び開いて別々になろうとしているという。いささか慌《あわ》ただしい歌だ。

詞書《ことばがき》によると、*帆足長秋《ほあしながあき》が夏に京都に来て宣長と行き会い、いったんは

*帆足長秋—肥後国山鹿の天目一神社神主（一七五七—一八二二）。

別れて松坂へ帰郷したが、長秋がまた追いかけてきて談笑《だんしょう》に及んだらしい。そして今、再度の別れをしようとしているわけである。万葉風だが、宣長が「古風」としてお気に入り自作に付けるはずの○印がない。いささか、義理《ぎり》で詠んでいる感がある。

　*中根道幸《なかねみちゆき》氏のいうように、宣長の場合は、古学者《こがくしゃ》として都に乗り込んでいることから、歌においても「古風」を求められている感じである。若き日から「後世風」を詠むことが肌に合っていた宣長にしてみれば、「古風」を詠むのは外気《がいき》に触れることでもある。それでも、京都に来て平安和歌四天王《へいあんわかしてんのう》といわれた*小澤蘆庵《おざわろあん》や*伴蒿蹊《ばんこうけい》等に交わったりするうちに、「古風」と後世風との落としどころを心得始めたのではないか。

　寛政十年（一七九八）に著《あらわ》した『うひ山ぶみ』*に、主《おも》に万葉風を旨《むね》とする歌人に向かっていう。「初心のうちは好みに任《まか》せて詠み散らせ。少し歌の道を覚えてきたら万葉風だけでは不十分なことがわかるから、後世風の意や詞を交えるがよい。そうすれば、万葉風でも後世風でもない、別の独自の歌風が得られるだろう」。真淵《まぶち》に叱責《しっせき》されて以来、見知らぬ他者のコードに触れるように及び腰で「古風」も詠んできたが、晩年ようやく違和感もなくなったのか。

宣長の弟子で、『古事記伝』をはじめ、宣長の著書を書写した。

*中根道幸氏の…—中根道幸『宣長さん』（和泉書院、二〇〇二）。

*小澤蘆庵—澄月、慈延、伴蒿蹊とともに平安和歌四天王と呼ばれた大坂生まれの歌人（一七二三—一八〇一）。「ただこと歌」の説を提唱し、『古今集』を重視した。

*伴蒿蹊—京都生まれの歌人で、平安和歌四天王の一人（一七三三—一八〇六）。

*うひ山ぶみ—学問の入門書として書かれた随筆書。

24

家を措《お》きていづち往《い》にけん若草《わかくさ》の妻も子どもも恋《こ》ひ泣《な》くらんに

【出典】「石上稿」十二

自分の家をほったらかしにして、いったいどこに消えてしまったのかね。あなたの奥さんも子供もあなたを恋い慕《した》って泣いているというのに。

安永《あんえい》五年（一七七六）十月に三十五歳で没した愛弟子《まなでし》須賀直見《すがなおみ》を悼《いた》む歌十二首の一つである。「古風」で詠んでいるわけである。『万葉集』の防人歌《さきもりうた》などを下地《したぢ》にしていることがわかる。「吾等《わろ》旅は旅と思《おめ》ほど家《いひ》にして子持ち痩《め》すらむわが妻《み》かなしも」、「行《ゆ》こ先に波などゑらび後方《しるへ》には子をと妻《つま》をと置きてとも来《き》ぬ」といった、妻や子供の愛《いと》しさを詠んだ歌が念頭にあったろうか。宣長にとって、死とは穢《けが》れた黄泉《よみ》の国に行ってしまうことであり、嘆き悲しむ

【語釈】○いづち―いづこ・何処《いどこ》。○若草の―「つま（妻・夫）にかかる枕詞。

＊防人歌―万葉集巻二十に収められる。唐・新羅の侵入を防ぐために筑紫《つくし》地方に徴兵配備された東国兵士たちの歌。

しか術《すべ》のない事態であった。「いづち往《い》にけん」という表現には、愛弟子の亡くなった事実を受け止めかねている宣長の狼狽《ろうばい》が感じられ、悲しみをストレートに歌っている。

須賀直見は、十代の後半から宣長の『源氏物語』講釈を受講し、宣長の主《しゅ》宰《さい》していた松坂嶺松院《れいしょういん》の歌会《うたかい》にも参加している。松坂本町に住み、安永二年（一七七三）以前に宣長に入門したようである。『玉勝間』一の巻では、直見が若き日から和漢《わかん》の書に通じ、歌詠みとしても優《すぐ》れていたと言い、四十歳にもならぬうちに他界したことを惜しんでいる。そして、*『古今和歌集仮名序』の細注《さいちゅう》に「東宮《とうぐう》を互ひにゆづりて」と記すのは「東宮と……」の写し間違いであるとする直見の説を支持している。

宣長は、学問の方法としてよく弟子たちに勧《すす》めたものだ。「若い頃は和漢の別なく書を読み漁り、歌も古風、後世風と枠にはめずに詠み散らせ……」。それを地でいっていたのが、直見ではなかったかと思えてくる。それはまた、若き日の宣長の知的遍歴そのものでもあった。直見は、宣長の著*『草庵集玉箒《たまははき》』に「題玉箒首」を執筆したり、*『字音仮字用格《じおんかなづかひ》』に序文を寄せたりして、宣長の期待に応《こた》えている。

*吾等旅は旅と思ほど……―万葉集・巻二十・四三四三。私の旅は旅と思ってがまんもしようが、家に残っている子供をかかえてやせている妻が悲しくてならない。

*行こ先に波などゑらび……―万葉集・巻二十・四三八五。行く手に大波よ立つな、後ろには妻と子を置いて来たのだから。

*古今和歌集仮名序―10の脚注参照。

*草庵集玉箒―頓阿《とんあ》の歌集『草庵集』の注釈。

*字音仮字用格―宣長の手になる著で安永五年（一七七六）刊。漢字音をどのような仮名で書き分けるべきかを論じた書。契沖の業績を大いに利用している。

25

この世には今は渚《なぎさ》の友千鳥《ともちどり》踏みおく跡を泣く泣くぞ見る

【出典】「詠稿」十六

今はこの世にいない亡き友が残していった筆の跡を、私は幾度となく涙を流しながらめくり見ていることよ。

【語釈】○今は渚の―「渚」に「亡き」を掛ける。○友千鳥―群れている千鳥。○踏み―「文《ふみ》」を掛ける。○泣く―「無《な》く」を掛ける。

天明八年（一七八八）、須賀直見《なおみ》の十三回忌で詠まれた追悼歌《ついとうか》五首の一つ。題は「書ニ寄セテ旧《ふる》キヲ懐《オモ》フ」。これは、いわゆる「後世風《こうせいふう》」である。『鈴屋集《*すずのやしゅう》』三や「詠稿」十八にも採られているから、宣長自身比較的気に入った歌だったのだろう。「いまは亡き」―「渚の」、「踏み」―「文《ふみ》」、「無く」―「泣く」の懸詞《かけことば》や、「渚」―「千鳥」―「鳴く」「踏み」―「跡」の縁語《えんご》などを駆使した、いわゆる新古今風の表現技巧をみせた歌のつもりか。前歌のよう

＊鈴屋集―01参照。

に愛弟子《まなでし》を失った悲しみを素朴に歌うというより、題詠《だいえい》にみられる表現技巧を駆使した歌だといえる。十三回忌という時間の流れが、素朴な悲しみから遠ざける代わりに、表現技巧の型に則《のっと》って、時を経た上でのしみじみとした哀感《あいかん》がいいあらわされているのかもしれない。「文」を主題とした表現技巧であることから、宣長の直見に対する学問的期待の大きさがうかがえるような気がする。

しかし、宣長の歌は、『新古今集』の歌の雰囲気とはまったくかけ離れている。表現技巧を駆使して醸《かも》し出される非現実的な独特の美など、やはり感じられない。あまりにも平易《へいい》すぎて、歌としては物足りないとする向きもあろう。散文を単に歌の定型《ていけい》にあてはめただけなのか。だが宣長は、そんな歌を何ら恥じることなく営々と詠み続けたのだ。

そこで、下手《へた》な歌だと一蹴するよりも、そもそも宣長にとって歌とは何だったかと問いかけた方がよい。どうやら彼が扱っているのは、通常の歌風ではない。韻文《いんぶん》、散文《さんぶん》のジャンルを超えた「日本語《やまとことば》」という世界を意識していたのではないか。彼が歌の分析を通して次第に日本語の法則を明らかにし、近代国文法の基礎*を築いた意味を、もっとじっくり検討する必要がある。

＊近代国文法の基礎―宣長の国学的業績としては、『てにをは紐鏡《ひもかがみ》』『詞《ことば》の玉緒《たまのお》』などがある。

26

大空は曇《くも》りも果《は》てぬ花の香《か》に梅さく山の月ぞかすめる

【出典】寛政七年刊『新古今集美濃の家苞』

大空は果てしなく曇っている。香りを一杯に漂わせた梅の花が咲いているが、その香りのために梅林を通してみえる月が霞んでいることよ。

『*新古今和歌集美濃《みの》の家苞《いえづと》』が、『新古今集』の評釈であることは周知のところだが、宣長は、同集の歌を自分流に改作しながら筆を進めている。

この歌は、*藤原定家《ふじわらのさだいえ》の有名な「*大空は梅のにほひにかすみつつ曇りも果てぬ春の夜の月」を改作《かいさく》したもの。中世の時代から歌の神様の如き存在であった定家の歌を大胆にも改作したのだが、はたしてどの程度の出来栄えとなったか。定家の歌は、梅の花の香りが大空一杯に行き渡り、春の夜の月すら

【語釈】○曇りも果てぬ—曇りきらない。

＊新古今和歌集美濃の家苞—大垣から宣長の新古今集の講義を聴きに来た大矢重門《しげかど》に書き与えたもの。寛政七年（一七九五）の出版。新古今集から六九六首を抜き出し、

霞《かす》んで見えるほどだという。いわば、朧月《おぼろづき》の美である。梅の香りが空いっぱいに広がることで生じる朧月とは、むろん幻想的な美の世界。『新古今集』の美的世界の面目を遺憾《いかん》なく発揮《はっき》した歌である。

ところが、宣長の手にかかると、定家の面目躍如《めんもくやくじょ》たる美の世界も、あっさり捨象《しゃしょう》されてしまう。よくいわれるように、宣長は確かに新古今的*な余情《よじょう》、幽玄《ゆうげん》といった美には無頓着だ。彼は定家の歌を、「梅のにほひ」の語がまったく浮いていて機能しないから、それを省《はぶ》いて「かすめる」としても十分ではないかと評釈する。「梅のにほひ」と霞む月とが一体となった幻想的な美を醸《かも》し出す定家の歌は、「花の香」のために梅林《ばいりん》にかかる月が霞んでいるかのような、いささか理屈っぽい解釈に変じてしまう。彼の改作した歌は、果てしなく曇っている大空、香りをたたえた梅の花の咲いている山、その山際《やまぎわ》に出る朧月、それぞれ別々に存在する要素がぎこちなくつなぎあわされているという感じで、余情も幽玄も生じる余地《よち》がない。宣長の歌が評判の悪いのは、まさにこのあたりに原因があるのか。歌人《かじん》の肩書きなど捨てて、『新古今集』の歌から掛詞や縁語、語の呼応など、近代国文法につながる法則を発見した業績の代償《だいしょう》だろうか。

大意を述べて評釈している。

*藤原定家―元久二年（一二〇五）成立の新古今集の撰者の一人、後の二条派の遠祖（一一六二―一二四一）。日記の明月記《めいげつき》も有名。

*大空は梅のにほひに……―新古今集・春上・四〇。この歌自体は、古今集時代の歌人大江千里の歌「照りもせず曇りも果てぬ春の夜のおぼろ月夜にしくものぞなき」（新古今集・春上・五五）を本歌としたもの。

*新古今的な余情、幽玄―余情とは理屈に陥らず、歌の情調や映像的な効果を重視する。幽玄は余情の一形式だが、深遠微妙な象徴美を特徴とし、藤原俊成・定家父子によって新古今時代の和歌の指導理念の一つになった。

27

声はして山たち隠す夕霧《ゆふぎり》に面影《おもかげ》おつる雁《かり》の一つら

【出典】「詠稿」十六

声は聴こえるのだけれど、山を隠すように立ちこめている霧に遮られて、その存在する気配だけが地に落ちるように感じられる雁の一群であることよ。

天明七年（一七八七）に「霧中ノ雁」という題で詠まれた歌三首の一つである。「山たち隠す夕霧」「面影おつる」の表現がよく効《き》いていて、新古今的な歌風の収まりのよい一首となっている。ともすれば理屈に陥《おちい》りやすい宣長の歌にしては、珍しく余韻《よいん》を感じさせる。

声だけは十分聴こえるので、夕霧《ゆうぎり》の中を確かに雁の一群が飛んでいるのは間違いない。だが、覆《おお》い隠すように立ち込める夕霧は、決して雁の姿を顕《あらわ》に

【語釈】○面影おつる―面影が霧の中から落ちてくる。霧の向うの面影が浮かぶこと。○雁の一つら―「一つら」は一つながり。雁は一列に連なって飛ぶ。

させない。夕霧が目には見えない雁の一群の存在感をしっかりと支えている。『新古今集』の特徴といわれる色彩豊かで美的感覚に訴える一首とは違うが、温雅《おんが》な詩情《しじょう》とでもいうべき雰囲気を味わうことができる。「霧中ノ雁」という題に、みごとに応《こた》えた歌だといえよう。

他の二首と比べてみればよい。「来る雁《かり》のそれかあらぬか峯越えてまた朝霧の中空《なかぞら》の声」「声すなり八重山《やへやま》越えてくる雁《かり》を一重《ひとへ》は霧の猶へだてても」。「来る雁のそれかあらぬか」とか、「声すなり」といった初句切《*しょくぎ》れの断定的な表現や「猶へだてても」といった結びは、理屈《りくつ》で説明するかのようで、余韻をもたらす歌とは程遠い。掲出歌の「夕霧」は、説明せずとも雁の動きを感じさせるに十分だ。

宣長の歌はよく散文的だと評されるが、そうした傾向は紛《まぎ》れもなくみられる。特定の歌風に似せようと精進《しょうじん》する方向に向かわないので、彼の歌は素人《しろうと》の域をまったく出ようとしないかのような印象を与える。あるいは、思想や世界観をストレートに述べただけの歌も多い。ある意味で、非常に珍しい人だ。したがって、時折こうした歌に出会うとホッとするのだ。

*初句切れ―最初の五文字に「や」などの切れ字や終止形を用いたりして、歌の意味や語調の流れを区切るように表現すること。

28

軒《のき》くらき春の雨夜《あまよ》の雨《あま》そそぎあまたも落ちぬ音のさびしさ

【出典】「石上稿」十四

あたりが暗くなった軒先に春の夜の雨がひっきりなしに降り注ぐ。その雨の滴《しずく》が多く落ちる音の、これまた何と寂《さび》しさを感じさせることよ。

安永八年（一七七九）二月三日の「春雨ノ夜静カナリ」という題に応じて詠んだ歌。「雨夜の」「雨そそぎ」「あまたも」といった「あま」のくり返しのみならず、最初はウ音、途中がア音、最後がオ音を重ねたところに、いささか表現技巧らしきものがうかがえる。特にア音の反復《はんぷく》で雨音《あまおと》の響きを感じさせているのは興味深い。ただ、これ以上の表現技巧はみられず、てらいもないようである。与えられた題「春雨ノ夜静カナリ」には、しっくり馴染《なじ》んでい

【語釈】○雨そそぎ―雨のしずく、雨だれ。藤原俊成の歌に「五月雨《さみだれ》はまやの軒ばの雨そそぎあまりなるまで濡るる袖かな」（新古今集・雑上・一四九二）がある。

るように思える。
「春雨」というと、ザーザーと激しく降るより、霧雨《きりさめ》に近いようにしとしと静かに降るイメージが強い。「*春雨は降るともなくて青柳の糸につらぬく玉ぞ数そふ」「*春雨の降るに深山《みやま》の花見にと三笠の山をさしてこそゆけ」などをみれば、大よそのイメージは描けよう。いつ止《や》むとも知れず降り続ける春雨、そしてその雨滴《うてき》の音、これはもう「寂しさ」と表現するのがぴったりだろう。この「寂しさ」は、物憂《ものう》さや幻想的な世界に人を誘う響きでもある。春雨の音を聴きながら、幻想的な物語の世界に没入《ぼつにゅう》したくなる。そういえば、宣長への対抗意識をモチーフとして書いたといってよい上田秋成《うえだあきなり》の『*春雨物語《はるさめものがたり》』の序文に、夜に春雨のしとしと降る音を聴くともなしに聴きながら王朝物語風の真似事《まねごと》をしてこの物語を書いているのだ、と記されていたのを思い出す。
宣長の歌は、歌の高度な表現技巧や韻文としての情緒《じょうちょ》を醸し出すものが少なく、理屈に陥《おちい》る癖《へき》があるといわれる。彼の世界観や思想を知るには便利だが、歌人としてはどうみても魅力的とはいえないというのが大方《おおかた》の評だ。私も、こうした評を完全に否定しようとは思わないが、それでも掲出歌を散文と変わらぬと一蹴するには惜《お》しい気がする。

*春雨は降るともなくて……――三百六十五番歌合、式子《しきし》内親王。式子内親王は新古今時代の歌人。

*春雨の降るに深山の……――好《よし》忠《ただ》集。曽根好忠は平安中期の歌人。

*春雨物語――読本《よみほん》。文化五年（一八〇八）に一応形を整えるが、度々改稿されたりして、いくつかの写本が伝わる。

29

風わたる梢に秋や通《かよ》ふらん鳴きおろす蟬《せみ》の声ぞ涼しき

【出典】「栄貞《ながさだ》詠草」

風があたり一面に吹いていて、その中の木の梢にはまさに秋が訪れているというべきであろうか。吹きおろす風に乗って、これまた鳴きおろすように聴こえてくる蟬の声の、何と涼しく感じることよ。

寛延《かんえん》二年（一七四九）、宣長二十歳の作である。栄貞《ながさだ》は、宣長の若き日の名である。実はこれは、彼がまだ歌の道に志して間もない頃に指導を仰《あお》いでいた宗安寺の法幢《ほうとう》和尚＊の添削《てんさく》を受けた歌である。栄貞《ながさだ》（宣長）の初案の歌は「松高きこずゑに秋や通ふらん鳴く蜩《ひぐらし》の声ぞ涼しき」である。添削は「吹きおろすせみの」となっているが、これを「鳴きおろす」と変えた以外は、ほぼ添削を受け入れている。

【語釈】○蟬の声―蜩《ひぐらし》を意識していたらしい。

＊法幢和尚―生没年不詳。伊勢市宇治山田の宗安寺の住持。二条派末流の地方歌人といわれる。寛延二年（一七四九）から同地の今井田家の養子となっていた宣長は数

確かに法幢の指摘するように、松といった具体的な物に限定しない方が、木々の梢を吹き抜けている秋風の様子が広く感じられて季節感が自在に表現できる。また、「鳴く蜩《ひぐらし》の声」ではあまりにも平凡すぎるので、法幢は「吹きおろす蟬の声」と直し、吹きおろす秋風に乗って聴こえてくる蟬の声を浮かび上がらせようとしたのだろう。添削の方向としては、納得《なっとく》できる。しかし、宣長は添削そのままには従わず、「鳴きおろす蟬の声」とした。これは、法幢の指摘を退《しりぞ》けたのではなく、吹きおろす風に乗って聴こえてくる蟬の声ならば、「鳴きおろす」として秋風と「蟬の声」とを二つながらに表現できて効果的だと考えたのであろう。それもまた、正しい判断だったように思える。おかげで、初心者の段階にしては、まずまずの出来栄えではないだろうか。*三句切《さんくぎ》れで一息入れているのもよい。

それにしても、夏の間のわずかな期間しか生きられない「蟬の声」に、いわゆる無常観《むじょうかん》を覚えるのではなく、一息入れてホッとするような秋の涼《すず》しさを歌っている。こうした感性は、やはり独特のものだと思われる。彼には、無常観などない。根底には、死んでは再生する神話的な蘇生《そせい》、散ってはまた咲く桜への思いと共通した感覚が存在すると考えた方がよい。

度にわたって歌の添削を受けた。

*三句切れ―三句目の五文字に「や」などの切れ字や終止形を用いたりして歌の意味や語調の流れを整えるように表現すること。

30

世の中の善《よ》きも悪《あ》しきもことごとに神の心の所為《しわざ》にぞある

【出典】天明七年刊『玉鉾百首』

世の中のよいことも悪いことも、すべて「神の心」によるしわざである（ああ！、恐れ多いことであるよ）。

『玉鉾百首《たまぼこひやくしゅ》』は、宣長が信じる国学《こくがく》の古道《こどう》を百首にしたもの。表現技巧など一切なく、古道のあり方を五七五七七の定型で淡々と述べている。そこで、彼自身の古道観にかかわらせて鑑賞することになる。

世の中の出来事は善《よ》き悪《あ》しきにかかわらず「神」の所為《しわざ》だということになるのだが、ここで立ち止まって考えてみよう。そもそもすべてが「神の心の所為」と歌うのは、不条理《ふじょうり》な事態に遭遇《そうぐう》しつつもそれを打開する力を備《そな》えて

＊国学の古道―国学者宣長の主張するわが国独自の精神を示した道。儒教や仏教の介入しない「神の道」と言いかえてもよい。宣長は、古道は記紀二典に備わるとした。13と15を参照。

＊禍津日神―古事記によると、

いないわたしたちが、運命論的な次元で不条理を受け容れ納得しようとするときではないだろうか。単に幸運を神に感謝するのとは、ちょっと違う。「悪しきこと」も「神」の所為《しわざ》だと受け止めるしかない人間の無力さを裏に秘めた表現だ。したがって、「善きも悪しきも」というが、中心は「悪しき」にあるといってもよい。この世には人間にとって不条理な事態がいたるところにあり、それは個々の人間の力量では超えられないものでもある。そのことを強く思い知ったときに唱《とな》えられる歌だろう。

当然宣長は、「悪しき」ことを引き起こす「神」だからといって遠ざけはしない。実は彼には、人間にとって不条理な事態＝「悪」を引き起こすのは、「*禍津日神《まがつびのかみ》」の所為《しわざ》だとする認識があり、これを祓《はら》い清めるのが「*直霊《なおびの》神《かみ》」だとする世界観があった（次歌参照）。「禍津日神」が荒《あら》ぶるときは天《あま》照大神《てらすおおみかみ》でさえも如何ともし難い、だからひたすら恐れ畏怖《いふ》して「神」を祭るしかないという。遠ざけるどころか、ひたすら祭っているのだ。「よき人を世に苦しむる禍津日《まがつび》の神の心の術《すべ》もすべなさ」（玉鉾百首）といった思いをこめながら……。儒教の「*天命《てんめい》」や仏教の「*因果応報《いんがおうほう》」などは、有限な人間の小智《しょうち》で拵《こしら》えた観念にすぎないと退けた。

イザナギの命が筑紫の日向の橘の小戸の阿波岐原《あはぎはら》で禊《みそぎ》をしたとき、黄泉国のケガレによって化生した神。宣長は、これを拡大解釈して、この世のすべての「悪」がこの神の所為によるとしたのである。

*直霊神―古事記によると、同じ禊のとき、「禍津日神」のケガレを祓うために化生した神。宣長は、これを拡大解釈して、「悪」を祓う役をこの神に負わせたのである。

*天命―中庸《ちゅうよう》という書にみられる儒教の教え。天から付与された人間の宿命。「神」を掲げる宣長は、これに反対した。

*因果応報―過去の善悪の「業」が「因」となって現在の幸不幸の「果報」になり、現在の「業」が「因」となって将来の「果報」となるとする仏教の教え。宣長は、これにも反対した。

31

善きことに禍事《まがごと》い継《つ》ぎ禍事《まがごと》は善き事い継《つ》ぐ世の中の道

【出典】天明七年刊『玉鉾百首』

善い事には連続するかのように禍事《まがごと》が続き、禍事だと思っているといつのまにか善い事に転じたりする。世の中の道とは、そんなものだよ。

【語釈】○禍事―不幸・不条理・わざわい。○い継ぎ―「い」は語調を整え意味を強める接頭語。

人間の力では如何《いかん》ともし難いほどの不条理な事態に遭遇したときに、じっくり考えてみたい歌である。前項で、この世の出来事は万事「神」の所為《しわざ》、人間が不条理な事態に遭遇するのは「禍津日神《まがつびのかみ》」の所為によるものだという考えがあることを述べた。この歌は、その内容をさらに展開しているといえる。「よきこと」＝「善事《よごと》」は「直霊神《なおびのかみ》」、「まがごと」＝「凶事《まがごと》」は「禍津日神」の所為には違いないのだが、宣長は、この世の出来事の範型《はんけい》は「神《かみ》代《よ》」に示されているとみた。具体的には、伊邪那岐《いざなぎ》・伊邪那美《いざなみ》二神の*国生《くにう》みと天照大神・月読神《つくよみのかみ》・須佐之男神《すさのおのかみ》の三貴子の誕生＝「善事」、須佐之男神による高天原《たかまがはら》での荒びと天照大神の*岩屋戸《いわやど》隠れ＝「凶事」、天照大神の再生＝「善事」、天照大神の高天原統治完成＝「全善事《もはらよごと》」という推移が「神代」のあり方であるなら、人の世も同じく、理想の古代＝「善事」→戦乱の中世＝「凶事」→平和な徳川の御代《みよ》＝「善事」→理想の将来＝「全善事」、という形で展開していくと考える。

　ここで重要なのは、「善事」も「凶事」も固定しているわけではなく、「善事」の中にすでに次の「凶事」の要因が含まれ、「凶事」は次の「善事」の要因を含むとみる点だ。つまり、「善事」に「凶事」が「いつぎ」、「凶事」に「善事」が「いつぐ」という掲出歌の言葉どおりなのである。特に現実の不条理に直面する人間にとって、「凶事」→「善事」の推移が最大の関心だろう。宣長の思想によれば、「凶事」なしには「善事」は存在しないわけである。そして彼は、「凶事」のときにはひたすら「祓《はら》え」を行い続け、「善事」に移行するのを待て、と強調した。やることをやりつつ「時を待つ」生き方である。

*国生み―伊邪那岐・伊邪那美二神が夫婦となって、淡路島、四国、隠岐島、九州、そして本州を次々と生んでいくという神話。

*岩屋戸隠れ―高天原での須佐之男神の乱暴狼藉に怒った天照大神は天の岩屋戸に隠れてしまう。そのために高天原はまっ暗になり、あらゆる災いがおこりはじめた。そこで神々たちは集まって協議し、天照大神を岩屋戸から連れ出して、明かるさと秩序を回復したという神話。

32

東《あづま》照る御神《みかみ》貴《たふと》し天皇《すめらぎ》を斎《いつ》きまつらす御功《みいさを》みれば

【出典】天明七年刊『玉鉾百首』

東照神君《とうしょうしんくん》家康侯《こう》は、まことに貴く偉大な方だ。皇統を大切にいつき祭っているというご功績をみれば、それは十分理解できることよ。

【語釈】○東照る御神―東照神君である徳川家康を指す。○天皇《すめらぎ》―皇統を指す場合もある。○御功―お手がら。

『玉鉾百首《たまぼこ》』に「あまり歌」（百首以外の番外歌）として載る。古《いにしえ》の道に関する思想を、古風《こふう》で詠んだ歌で、いわゆる宣長の古道思想がまともに出ているといえよう。したがって、歌としての出来栄《ば》え云々よりも、知っておかなければならない宣長の思想的特徴のあらわれた歌だと解してもらいたい。「東照る御神」とは、東の都江戸幕府の創始者で日光東照宮《にっこうとうしょうぐう》に祭られている徳川家康である。神君《しんくん》として崇《あが》められている。「すめらぎ」は、むろん天皇の系譜＝皇統《こうとう》。宣長は、代々の天皇をきちんと祭っているありがたい時代を創始した将軍として、家康を尊崇《そうすう》しているのである。

ここで、宣長の国学思想の一側面を認識しておく必要がある。国学者宣長が天照大神《あまてらすおおみかみ》や代々の天皇を尊崇するのは当然だが、一方で彼は、自分の生きている徳川時代をも賛美《さんび》した。古代の理想が失われ戦乱の時代となった鎌倉・室町・戦国時代は、宣長にとってまさに「凶悪《まがごと》」の支配した時代であった。*後鳥羽上皇《ごとばじょうこう》が北条氏によって隠岐《おき》の島に流されたのを憂《うれ》い、「思ほさぬ隠岐《をき》のいでまし聞く時は賤《しづ》の男吾《をあれ》も髪逆立《さかだ》つを」と、賤《いや》しい身分の自分も髪の毛が逆立つほどの怒りを覚えたといい、「かしこきや皇御軍《すめらみくさ》にい向かひて悩めまつりし狂《たぶ》れ足利《あしかが》」と、南北朝《なんぼくちょう》の内乱で*後醍醐天皇《ごだいごてんのう》に歯向《はむ》かった足利《あしかが》氏を非難している。家康の江戸時代になってやっと「吉善《よごと》」というべき平和が訪れたと考えたのである。宣長の願いは、戦乱で荒廃した天皇陵《てんのうりょう》や神社の復興であり、家康および徳川幕府の有り難さは、ひとえに皇統を祭り神社を保護する所に求められたといえる。幕府に対抗して天皇中心の古道を喧伝《けんでん》しようとしたのではない。同時代に起きた竹内式部《しきぶ》の*宝暦《ほうれき》事件や山県大弐《やまがただいに》の*明和《めいわ》事件とは、明確に一線を画するものであった。

*後鳥羽上皇―第八二代天皇（一一八〇―一二三九）で、鎌倉幕府の執権北条義時追討を企てたが失敗（承久の乱）、隠岐に配流された。新古今集の編纂にも大きく関与した。

*後醍醐天皇―第九六代天皇（一二八八―一三三九）で天皇親政を企図して正中の変、元弘の乱をおこしたが失敗。さらに鎌倉幕府滅亡とともに建武中興の新政を行なう。二年間で破れ吉野に移って南朝を樹立し、足利尊氏が糸を引く北朝と対立した。

*宝暦事件―宝暦八年（一七五八）、京都朝廷の尊王論者竹内式部が幕府専制を憤って公卿たちに抗議したが、京都所司代に捕えられ、追放された事件。

*明和事件―明和三年（一七六六）、江戸幕府が山県大弐ら尊王論者を謀叛人として処刑した事件。

33

蔵王《ざおう》ちふ神は神かも仏《ほとけ》かも仏に似たる神の名あやし

【出典】『鈴屋集』四

蔵王大明神《ざおうだいみょうじん》という神は神なのか、それとも仏なのか、仏に似たような名前をもつ神なんて、何だかいかがわしいものだ。

【語釈】○蔵王―蔵王権現。奈良の吉野その他の山に祭られる。

寛政十一年（一七九九）、紀州国（和歌山県）からの帰路に吉野山に立ち寄った宣長は、百首の歌を詠み、『鈴屋集《すずのや》』に「吉野百首」としてまとめた。この歌は同じ折《おり》に詠《よ》まれたが、百首からは漏《も》れた「あまり歌」である。

歌の技巧として取り立てて特徴もなく、出来栄えも格別好《よ》いとも思えない。だが、宣長の思想的な観点からみると、この歌は彼にとって容易ならざる問題を投げかけているのである。宣長は、儒教や仏教に毒されないわが国純粋の「神の道」を信じようとした。『玉勝間《たまかつま》』十二の巻では、蔵王堂《ざおうどう》は日本古来の正しい神ではなく、法師《ほうし》たちが勝手にこしらえた神とも仏とも不分明なものである、それが吉野山の中軸をなしているように扱われるのは甚《はなは》だ不本意だ……、と憤《いきどお》っている。しかし、わが国の歴史をみたとき、当初からわが国の神道《しんとう》は仏教と深く結びついており、腑分《ふわ》けをするのは不可能である。殊に、古代末期からは*神仏習合《しんぶつしゅうごう》が当り前となる。吉野の蔵王権現《ざおうごんげん》は神仏習合神の代表であり、*修験道《しゅうげんどう》で有名な寺であった。蔵王堂を前にした宣長は、いわば神仏習合の真《ま》っ只《ただ》中にいてわが国独自の「神の道」を思い描くわけである。宣長とて、絶望的なほど困難な状況は十分わかっていよう。

一方宣長には、「その時の神道」という考えがある。つまり、儒教や仏教が流入しわが国古来の神道が失われたとしても、その推移そのものが「神」の所為《しわざ》で「その時の神道」なのである。とすれば、蔵王堂の存在も、不本意だとしても単に拒否してすむものではない。好ましくはない神仏習合の真っ只中でわが国古来のものをいかに見出すか。明和九年（一七七二）三月の大和・吉野旅行をまとめた『*菅笠日記《すがかさのにき》』は、蔵王堂を無視はしないが思い入れもしない記述を懸命《けんめい》に試みている。

＊神仏習合―仏教信仰と固有の神祇信仰とを融合調和するため唱えられた教説。平安時代には仏菩薩が日本の神となって現れたとする本《ほん》地《ち》垂迹《すいじゃく》説がおこる。阿弥陀如来が日本では八幡神、大日如来が天照大神とされた。

＊修験道―原始山岳宗教と仏教の密教的信仰とが合わさった宗教。山岳に登り修行をつみ呪力を体得する。役《えんの》小角《おづぬ》を祖とし、金峰山、出羽三山、熊野、大峰、九州の彦山などが有名。

＊菅笠日記―目的は吉野の花見と、彼が敬信した吉野水《みく》分《まり》への参詣であったが、古事記伝執筆の下見も兼ねていただろう。旅のコースが神仏習合の真っ只中にあることは、留意しておきたい。

34

水分《みくまり》の神の幸《ちは》ひのなかりせばこれの吾《あ》が身は生まれ来《こ》めやも

【出典】『鈴屋集』四

水分《みくまり》神社の神のお恵みがなかったとしたら、この私の身は生まれていただろうか、いやそうでなかったに違いない。それを思うと、何といって感謝したらよいのか……。

前項で述べた「吉野百首」に載る、吉野の水分《みくまり》神社に詣《もう》でたときの歌十五首の中の一つ。すなわち、寛政十一年（一七九九）七十歳のときの歌。「幸《ちは》ひ」は幸いとか恵み、「吾《あ》が身」は我が身の意である。この歌も、歌として特別な技巧を用いているわけでもなく、解釈に戸惑《とまど》うものでもない。だがやはり、宣長のアイデンティティにかかわる問題を孕《はら》む歌なので、あげないわけにはいかない。

【語釈】○水分の神―水を司る雨乞いの神。子守明神としても尊崇された。吉野の水分神社が有名。

宣長は、実は自分が水分神社の神の申し子だと信じていた。すなわち、父定《さだ》利《とし》が同社に懸命に祈請《きせい》して授《さず》かった子であり、そのお礼に宣長十三歳のときに父と一緒にお参りするはずであったが、それまでに父が亡くなってしまったことを母から聞かされて育ったのである。桜花への愛着とともに、この水分神社への思いは、宣長の感性の根底を規定するものであった。四十三歳のときに花見を兼ねて参拝《さんぱい》したときの様子が、前項でもあげた『菅笠日記』に記される。

彼の随筆『玉勝間《たまかつま》』十二の巻によると、水分神社は『*続日本紀《しょくにほんぎ》』や*祝詞《のりと》などにあるように、元来雨乞《あまご》いの神で水を分配する神であり、やがて「ミクマリ」→「ミコモリ」→「コモリ」と変遷《へんせん》し、さらに子守明神《こもりみょうじん》として信仰されるようになったという。したがって彼は、水分を「ミズワケ」と訓《くん》じることに真っ向から反対し、あくまで「ミクマリ」と訓《よ》むべきだと主張する。いかにも宣長らしい学者的な見解である。一方、子守明神として信じられるようになった経緯は神仏習合の流れに乗るものであり、宣長の信用しない俗《ぞく》信《しん》への変貌《へんぼう》を示していよう。宣長としては歓迎すべき事柄ではないはずだが、子守明神になったことに対する不信感は述べられていない。やはり、吉野水分神社の申し子意識がそうさせたのであろうか。

*続日本紀―日本書紀に継ぐ勅撰の歴史書。延暦十六年(七九七)成立。六九七―七九一までの正史が記される。

*祝詞―祭典のとき、神に奏上する言葉。現存のものとしては延喜式第八巻に収められる二十七の祝詞が最も整っている。

35

賤《しづ》の女《め》が心をのべし言《こと》の葉も代々《よよ》の教へとなるぞ畏《かしこ》き

【出典】「石上稿」六

賤しい女が心に思うことを述べた言の葉＝詩が、そのまま鑑賞者への教えとなるところは、詩というものの恐れ多いほどの力であるよ。

宝暦《ほうれき》十三年（一七六三）の歌で、題は「詩経《しきょう》」。『詩経』は、いうまでもなく江戸時代の儒者の聖典ともいうべき*四書五経《ししょごきょう》の一つである。江戸時代の封建社会ではほとんど取るに足りない「賤《しづ》の女《め》」＝身分の賤しい女のような底辺階級の心情を吐露《とろ》した歌であっても、それをじっくり読んで通暁《つうぎょう》することは、この上ない教訓＝「代々の教へ」となるという。確かに『詩経』は、儒学が支配理念を作っていた江戸時代では、為政者《いせいしゃ》が庶民の人情に通じるには必須《ひっす》

【語釈】○賤の女―身分の低い女性。○言の葉―詩経に収められた民謡詩を言う。

＊四書五経―四書とは論語・孟子・大学・中庸、五経とは詩経・書経・易経・春秋《しゅんじゅう》・礼記《らいき》。江戸時代は儒教の聖典とされた。

とされた。特に、＊荻生徂徠《おぎゅうそらい》の儒学においては、『詩経』を抜きにしては政治・社会は語れないほどである。

儒学のみではない。和歌《わか》の道を明らかにしようとした宣長にも影響を与えていた。＊『古今集仮名序』が『詩経』の詩論を踏まえつつ歌論《かろん》を展開しているのは有名で、江戸時代でも詩論と歌論は深く関連していた。事あるごとに儒教を批判する宣長だが、『詩経』は決して軽視せず、自らの歌論や物語論にも積極的に活《い》かしたようである。すなわち、歌物語は心に思うこと＝「もののあはれ」を知る心を素直に表現したものだから、それをよく読めば世の人情に通じ思いやりのある心が養われる。そうなれば、政治・社会にも有用となるではないか、というのである（＊源氏物語玉《たま》の小櫛《おぐし》）。これは、徂徠の『詩経』論とまったく同じである。

ここにあげた歌の題は「詩経」だが、「歌物語」としても同じ歌を詠んだに違いない。もっとも宣長自身は、漢詩《かんし》よりも日本語で表現した和歌の方が、わが国の人心《じんしん》にとっては入りやすいはずだという理由で、和歌の漢詩に対する優位性を強調している。だが、論の展開の仕方は徂徠学から深く学んでおり、その影響力は想像以上に大きいと思われる。

＊荻生徂徠―古文辞《こぶんじ》学を提唱し、中国明代の李于鱗《りうりん》・王《おう》世貞《せいてい》に倣い、秦漢の文・盛唐の詩を規範とする擬古主義を主張した儒学者（一六六六―一七二八）。宣長の誕生時にはすでに世を去っていたが、宣長は徂徠の思考方法から大きな影響を受けた。

＊古今集仮名序―10に既出。

＊源氏物語玉の小櫛―宣長の源氏物語論。寛政十一年（一七九九）刊。有名な「物のあはれ」論を展開する。

36

新玉《あらたま》の春来《き》にけりな今朝《けさ》よりも霞《かすみ》ぞそむる久方《ひさかた》の空

【出典】「栄貞《ながさだ》詠草」

さあ、新春がやって来た。今朝眺めてみると、いよいよあたり一面霞がかかりはじめたような空であることよ。

寛延《かんえん》元年（一七四八）の作で、詞書《ことばがき》に「この道《みち》に志《こころざ》して初めて春立心《はるたつ》を読《よ》み侍《はべ》りける」とあるから、和歌の道に入った宣長が最初に詠んだ歌であろうか。十九歳のときである。

「春来にけりな」だと、いささか俳諧《はいかい》めいたはしゃぎが感じられ、散文的な表現に傾《かたむ》いているように思われる。「春は来にけり」と二句切れにした方が、穏《おだ》やかで収まりもよさそうだ。「久方の空」も、「久方の天」「久方の雨」

【語釈】○新玉の―「春」や「年」にかかる枕詞。○久方の―「天《あめ》」「空」「星」「光」など天に関係ある語にかかる枕詞。

「久方の月」に比べれば、数少ない表現ではないか。いかにも初心者の歌といった出来栄えなのだが、どうも宣長は、これ以後も表現の洗練《せんれん》に意を砕《くだ》く方向には赴《おもむ》かなかったようだ。宣長は最後までこの歌の水準をそう超《こ》えていないのではないかと思われる。他の近世歌人《きんせいかじん》のように、添削《てんさく》を受けつつ語の微妙《びみょう》な使い方を覚えて成長する、という過程を宣長に想像するのは難しい。彼はこのレベルの歌を営々と詠み続けたわけで、中野重治《*なかのしげはる》は、「何であんな立派な学者が、あんな変な歌を一生だらだらと懲《こ》りずまに書いたのだろうとほんとうに不思議に思う」（「不思議な人」）と評したが、確かに宣長にとって歌とは何だったのだろうと考えざるを得ない。

先にも述べたように、彼は、万葉風、古今風、新古今風といった既成の歌風の範疇《はんちゅう》には収まらず、「日本語《やまとことば》」という全体を見渡せるような地平に着地したのではないか（25歌の鑑賞文も参照）。記紀も歌も物語も俳諧も浄瑠璃《*じょうるり》も、皆「日本語」ではないか。あらゆるジャンルを活性化する「日本語」の不可思議な働き。ここに魅力を覚えたとき、宣長の意識からは、五七五七七の定型《ていけい》の力でいかに心や事物を歌うか、といった常識的な鍛錬《たんれん》の道筋は消えていたのかもしれない。今は、そう考えておく。

＊中野重治―小説家・評論家・詩人（一九〇二―一九七九）。福井県の農家に生まれ、プロレタリア文学者として活動。戦後、入党していた共産党の官僚主義化を批判して離党し、政治と人間との多様で重い関係を描き続けた。「不思議な人」は『本居宣長集』（筑摩書房、一九六〇）の月報第五号に書かれたエッセイ。

＊浄瑠璃―室町時代の中頃から行われた語り物で、三味線・操人形と結合した劇として発達した。元禄年間以降は、竹本義太夫が近松門左衛門の名作を続々と上演し、義太夫節を確立した。

37

託《かこ》たれし涙の袖や忍《しの》ぶらん春は昔の春の夜《よ》の月

【出典】「石上稿」十

昔、頓阿《とんあ》法師が忍ぶ恋の悲しさに袖を絞ったのであろうか。その時の春はなつかしい昔のままの春の夜の月であることよ。

題は「頓阿《とんあ》法師四百年忌《き》のよし雙林《そうりん》寺住僧勧進《かんじん》。春ノ懐旧」とある。伊勢松坂の雙林寺《そうりんじ》で行われた頓阿法師四百年忌の際に奉《たてまつ》った歌である。涙の袖をかこっている姿は、絵合わせかカルタの絵を思わせる。「春は昔の春の夜の月」は、『伊勢物語《いせものがたり》』の在原業平《ありわらのなりひら》の「月やあらぬ春や昔の春ならぬ……」という歌を借りたような表現である。

宣長は、若き頃から二条派末流の法幢《ほうとう》という僧の指導を受け、京都遊学か

＊頓阿法師―二条家の和歌を盛り立てた鎌倉・南北朝時代の歌人（一二八九―一三七二）。草庵集・井蛙抄・愚問賢注などを著す。

＊月やあらぬ春や昔の……―伊勢物語・第四段。また古今集・恋五・七四七にも載る。

ら帰った後は、二条派の*嶺松院歌会《れいしょういんうたかい》のリーダー的存在ともなった。頓阿法師といえば、その二条派の中興の祖である。賀茂真淵《かものまぶち》と出会い、その万葉風の指導を受けるようになってからも、宣長は二条派的な歌を捨てようとはしなかった。真淵から、頓阿の歌集『*草庵集《そうあんしゅう》』などを好むのであれば『万葉集』に関する自分への質疑も一切やめてほしいと、絶交《ぜっこう》といわんばかりの叱責を受けたにもかかわらず、同集と頓阿への敬愛の想いは変わらなかった。というより、嶺松院歌会をリードしていた宣長にとって、歌人として『草庵集』を捨てることなど思いもよらないことだったろう。

彼は他人の書いた『草庵集』の注釈書『草庵集蒙求《もうぎゅう》』や『草庵集難註《なんちゅう》』を借覧《しゃくらん》したが歌の心を損なうものだといった詞書《ことばがき》をつけて、「軒暗くしげる木末《こずゑ》の言の葉に中々草の庵は荒れにき」といった歌を詠んでいる。また、「頓阿などを注釈するのは当世の人々には耳慣れず賛同も得にくいだろうが、真の意味で歌のわかる人なら納得してもらえるはずだ」と、覚悟のほども表明した。宣長は、頓阿と『草庵集』を否定するどころか、国学の生命である注釈学の方法を媒介《ばいかい》として、逆にその価値を近世社会によみがえらせているといえよう。考えてみれば、これほど正面から真淵に逆《さか》らった人も珍しい。

*嶺松院歌会―松坂における宣長の活動母体となった歌会。初回は享保八年（一七二三）。宣長加入は宝暦八年（一七五八）。会員は、宣長の源氏物語講釈をはじめとする古典講釈の聴講者でもあった。

*草庵集―二条家の歌道を継承した頓阿の歌集。貞治五年（一三六六）成立か。二条家の正風として尊重された。

38

浜千鳥《はまちどり》鳴きこそ明かせ和歌の浦や立つらん方も波の寄る寄る

【出典】「壬申詠倭謌《じんしんえいわか》」一

浜千鳥よ、鳴くのであればとことん鳴き明かしてほしい。お前が立ってゆく歌のメッカであるこの和歌の浦ざとにもうるさい波がいつも押し寄せてくることよ。

宝暦二年（一七五二）作。詞書によると、和歌に志《こころざ》したものの自分の歌の良し悪しを見分けてくれる人もないことを恨《うら》めしく思って詠んだ歌だという。浜千鳥に進むべき和歌の道の道標《みちしるべ》を教えてくれと訴えているのである。

和歌の浦といえば、紀州海岸の歌枕《うたまくら》として有名だが、ここではやはり、宣長が書いた『和歌の浦』という書を想起せざるを得ない。同書は、宣長が和歌を志した延享《えんきょう》四年（一七四七）から宝暦十一年（一七六一）頃までの、和歌や

【語釈】○鳴きこそ明かせ—一晩中鳴いて朝を迎えよ。○和歌の浦—現和歌山市の南に広がる湾で、その名にちなんで和歌の聖地とされた。近くに和歌三神の一つ玉津嶋神社がある。

歌学に関する手控《てびか》えノートのようなものである。作品として統一しようという意識はなく、むしろ歌の道に入った宣長の暗中模索を正直にあらわしているように思われる。掲出歌の「和歌の浦や」の語が、近くの歌枕の地を超えて、歌人として試行錯誤《しこうさくご》する宣長の心の叫びとして響いてくる。

晩年の『玉勝間《たまかつま》』二の巻の回想では、「最初からこれといった特定の師匠を持つこともなく、とりあえずいくつかの歌会に顔を出した。スタンスを決めるような歌会はなかったが、特に自己主張もせず慣例に即して詠み続け、そうするうちに*契沖《けいちゅう》の書に出会った……」と述べている。明確な方向を見出せぬままとりあえず何かしている状況。この間の内なる声が『和歌の浦』のノートには込められているのかもしれない。

同じく晩年の『*うひやまぶみ』でも、初心者に「最初はただ詠み散らせ。古風だ後世風だと枠をはめずにいろいろ詠んでいるうちに自分なりの色合いが出て来よう」とアドバイスした。だが、当初から師匠も決めずに進むのは、反面常《つね》に孤独と闘わねばならぬ。「浜千鳥鳴きこそ明かせ」と叫び続ける。若き日の京都遊学中にも「いたづらに言の葉のみは繁《しげ》けれどただ一枝の花とてはなし」とうたったが、この種の孤独は宣長的生き方の宿命か。

*契沖―江戸時代中期の国学者で真言宗の僧（一六四〇―一七〇一）。徳川光圀《みつくに》の依頼で万葉代匠記を著した。他に古今余材抄・百人一首改観抄などを著し、文献実証を重んじる古典研究の方法は、宣長にも大きな影響を与えた。

*うひやまぶみ―初山踏。寛政十年（一七九八）十月に起稿。古事記伝を書き終えた宣長が、門人の要請により執筆した古典研究の入門書。「物まなび」を「神学」「有職の学」「史書の学」「歌の学び」の四つに分けて、入門学を展開する。学ぶ方法は各人の自由でよいが、うまずたゆまず継続することこそ肝要であると説く。現在でも有益な学問論であるといってよい。

39

忘るてふ吉野《よしの》の奥も知らぬ身はいとど都の花ぞめでたき

【出典】「丙子詠草《へいしえいそう》」三

あなたが都の花を忘れるといっても、まだ忘れるほど吉野山の奥も知らない身にとっては、まさに都の花こそが素晴らしく思われることよ。

京都遊学にも慣れてきた宝暦六年（一七五六）作。詞書によると、*堀景山《ほりけいざん》が東《ひがし》山《やま》の花見見物のときに「*み吉野の奥ゆかしさも咲きつづく花を都の山に忘れて」と詠んだのに対し、返歌《へんか》したものである。景山は、若き宣長に戯《たわむ》れていったのだろう。「東山の桜花があまりに素晴らしいから、君の実家近くの桜名所である吉野山の景色も、君、忘れちまったんじゃないかい？」。宣長は、「忘れることを心配するほど、吉野山へ行って桜花の情趣《じょうしゅ》を味わった経験も

【語釈】○忘るてふ―「てふ」は「チョー」と読み、「〜という」と同じ。

＊堀景山―江戸時代中期の朱子学者で京都の人（一六八八―一七五七）。徂徠学を学び、人情の解放を唱えた。

＊み吉野の奥ゆかしさも…―

郵便はがき

料金受取人払郵便

神田支店
承認

3458

差出有効期間
平成25年2月
28日まで

101-8791

504

東京都千代田区猿楽町2-2-3

笠間書院 営業部 行

■ 注文書 ■

◎お近くに書店がない場合はこのハガキをご利用下さい。送料380円にてお送りいたします。

書名 冊数

書名 冊数

書名 冊数

お名前

ご住所 〒

お電話

コレクション日本歌人選●ご連絡ハガキ

●これからのより良い本作りのためにご感想・ご希望などお聞かせ下さい。
●また「コレクション日本歌人選」の資料請求にお使い下さい。

この本の書名＿＿＿＿＿＿＿＿＿＿＿＿＿＿＿＿＿＿＿＿

本はがきのご感想は、お名前をのぞき新聞広告や帯などでご紹介させていただくことがあります。ご了承ください。

■本書を何でお知りになりましたか（複数回答可）

1. 書店で見て　2. 広告を見て（媒体名　　　　　　　　　）
3. 雑誌で見て（媒体名　　　　　　　　　）
4. インターネットで見て（サイト名　　　　　　　　　）
5. 小社目録等で見て　6. 知人から聞いて　7. その他（　　　　　　　　　）

■コレクション日本歌人選のパンフレットを希望する

はい　・　いいえ

■コレクション日本歌人選・刊行情報（刊行中毎月・無料）を希望する

ご登録いただくと、毎月刊行される歌人の本がわかり、便利です。

はい　・　いいえ

■小社 PR 誌『リポート笠間』（年 1 回刊・無料）をお送りしますか

はい　・　いいえ

◎上記にはいとお答えいただいた方のみご記入下さい。

お名前

ご住所　〒

お電話

ご提供いただいた情報は、個人情報を含まない統計的な資料を作成するためにのみ利用させていただきます。個人情報はその目的以外では利用いたしません。

感性もありませんよ、未熟者の私には！」、と返した。若者らしく純粋に応じているところが印象的だ。師や仲間とこんな会話を交わしながら、憧《あこが》れの京都東山を散策する。それなりの緊張を孕《はら》みながらも、文人宣長の感性を育《はぐく》む幸せで貴重なひとときだ。

　景山は、宣長が遊学中に師と仰《あお》いだ儒者。京都で生まれ京都に住むが、代々安芸《あき》藩（広島県）に仕《つか》える儒官《じゅかん》の家柄。しばしば藩主に従い、江戸と広島とを往復していたようだ。*朱子学者《しゅしがくしゃ》ではあるが、「人情」の解放を唱え、『詩経《しきょう》』を重視する*徂徠学《そらいがく》の影響も受けた人。宣長は、京都遊学中に景山やその門下生と親しく交《まじ》わり、文人としての感性を磨《みが》いた。

　だが、景山に対する宣長のスタンスについては、一考してみる必要がある。相手は、*リゴリスティックな人とはほど遠い文人だが、やはり儒者だ。いうまでもなく、儒教は江戸幕府の支配イデオロギー。儒学や漢学は、支配階級の学問としての安定感がある。宣長にしてみれば、支配階級の学問世界に居場所のある人たちであろう。一方、当時の宣長は、いまだ不安定で懸命にアイデンティティを模索している段階だ。宣長の心中では、相手に対する敬愛や羨望《せんぼう》や違和感《いわかん》が*複雑に絡《から》み合う。

吉野の桜を見たいという気持ちを、この東山の都の桜のすばらしさを見て忘れたようだね。

*朱子学―中国宋時代の朱熹《しゅき》が体系化した儒学。世界を理気説と心性論で説き、実践道徳を唱える。江戸幕府は官学として保護し、林羅《はやしら》山《ざん》を招き本郷湯島に聖堂を建てて武士の師弟に学ばせた。

*徂徠学―荻生徂徠の提唱した学問体系の総称。古文辞学（35参照）を核とするが、人情の率直にあらわれた詩経を重視し、政治の道に役立たせることを主張した。

*リゴリスティック―厳粛、厳格であること。

*複雑に絡み合う―百川敬仁『内なる宣長』（東京大学出版会、一九八七）参照。

40

思ひやれ慣《な》れし都にかりそめの夢も結ばぬ草の枕を

【出典】「宝暦八年戊寅詠和歌」

私の気持ちもわかってくださいな。それなりに暮らし慣れ気に入った京の都なのに、そこにかりそめの夢のような庵《いおり》を結ぶこともできない状況を。

宣長は、宝暦七年（一七五七）秋に京都遊学から松坂へ帰った。詞書によると、帰京したのもつかの間、翌年の夏に再度上京する事情が生じたらしい。但《ただ》し、今度は五、六日間である。遊学中に親しんだ人々に、また慌《あわただ》しく別れを告げなければならない。だが、うまく言葉が出ないので、とりあえず一首詠《えい》じたということのようだ。「思ひやれ」と、語りかけるような口調《くちょう》である。「かりそめ」「夢」「結ぶ」「草」「枕」と、わかりやすい縁語《えんご》を並べ、全体に

【語釈】○かりそめの―「仮初めの」と書き、一時的であること。○草の枕―旅先での宿。ここは庵の寓居をいう。

平易《へいい》な歌となっている。宣長にはこんな感じの歌が多く、表現技巧において鍛錬《たんれん》に鍛錬を重ねた跡《あと》は見出しにくい。

さて、宣長にとって、「京都」とはどんな存在だったのだろう。彼が若い頃から京都への憧憬《しょうけい》の念を抱いていたとはよくいわれることだが、これは、単なる憧れとか嗜好《しこう》とかいったレベルを超えた、宣長の思想全体を考える上でも一つのテーマにしてよい問題である。宣長の思想や感性に『源氏物語』に代表される平安王朝への傾倒《けいとう》があったのは誰しも知るところ。

ただ、それと宣長自身の生きた近世の京都への思いとどのようにつながっているかは、もう少し検証すべきところだろう。すでに遊学前から京都への思いが強かったことは、『*都考抜書《とこうばつしょ》』などをみればわかる。遊学中に京都御所をみて感慨《かんがい》に耽《ふけ》ったこともある。遊学から帰ってからも、京都への思いは変わらなかった。掲出歌にあるような「慣れし都にかりそめの夢も結」ぶとしたら、京都のどのあたりが彼の好みに合ったのだろう。『玉勝間《たまかつま》』十三の巻では、江戸や大坂と違って、京都は寺社に囲まれ「よきほどの賑《にぎは》ひ」だから住みよいといっている。四条烏丸《からすま》の奥まった所も名指しされているが、景山一門と散策した東山あたりも気に入っていたのかもしれない。

＊都考抜書―延享三年（一七四六）に起筆し、宝暦元年（一七五一）冬にかけて、京都に関するあらゆる事項を、古今の書から地誌、仏書、神道書、和歌、物語、俳諧、説話などのあらゆるジャンルにわたり抜書きしたもの。

41

契《ちぎ》りをきし我が宿過《す》ぎて小車《をぐるま》の憂《う》しやいづこに牽《ひ》き違《たが》ふらん

【出典】「石上稿」六

逢う約束をしておいた私の宿を通り過ごしてしまうとは辛《つら》いことだ。小車を引く牛はどこへ間違って牽いていってしまったのだろう。

宝暦十三年（一七六三）六月二十五日の「期ニ臨ミ約セシ恋ヲ変ズ」の題で詠んだもの。貴族の乗る「小車《をぐるま》」を牛が牽《ひ》いていくのは、物語や絵巻物《えまきもの》を通して知られる平安朝のお馴染《なじみ》の光景。この歌は、おそらく賀茂真淵《まぶち》＊との出会いをめぐる一齣《ひとこま》を歌ったものだろう。すなわち、「憂《う》し」は、辛さを意味すると同時に「牛」と「大人《うし》」とを掛けている。「大人」とは、国学者の使う相手への最大の敬称である。宣長自身、「本居大人」「鈴屋《すずのや》大人」と呼ばれた。

【語釈】○小車—小さい牛車《ぎっしゃ》。また単に牛車の形容。○憂し—「牛」「大人《うし》」を掛ける。

＊賀茂真淵—17に既出。

この場合は、いうまでもなく真淵を指す。「うしや」の「や」は、むろん疑問の係助詞だが、「牛―大人」さんよ、と呼びかけているような気もする。

この年は、真淵と宣長が最初に出会った有名な「松坂の一夜」の年である。歌から察するに、真淵は宣長と逢《あ》う約束をしていたにもかかわらず、何かの都合でそれが果たせなかったのだろうか。「*待ち明かす契りも常の習はしに猶なさけある宵《よひ》の玉づさ」、「*宵の間《ま》にたがふ契りを聞くも憂《う》し来《こ》ぬ迄もなを頼むべき夜を」の歌も並ぶ。ひたすらに、しかし手違いを残念がり、なぜこうなったのかにこだわる気持ちが強く出ているのが、いかにも宣長らしい。少し子供っぽい感じもするが……。

いや、並んでいる歌の雰囲気から察するに、宣長は真淵に決して気後《きおく》れしておらず、対等に近い気持ちで約束違いへの不満を堂々と口にしている、とみた方がよいか。宣長が真淵に会う以前に源氏物語を中心とした平安王朝の美的理念をもっていたことは、『*紫文要領《しぶんようれい》』を著《あらわ》していること一つをとっても、間違いないところ。つまり、約束違いの不満を口にできるほど、宣長は真淵に出会う以前に自足《じそく》した世界をもっていたといってもよい。

＊待ち明かす契りも……―ついに待ち明かしてしまったが、こうしたことはよくあること。それでもなお、届いた一夜の手紙をみると情けを感じる。

＊宵の間にたがふ契りを……―一晩のうちに約束の違反を聞いたことは辛いが、しかし来ないまでもやはり当てにしたい夜だ。

＊紫文要領―宝暦十三年（一七六三）に書かれた宣長最初の源氏物語論書。源氏物語の主題を「物のあはれをしる」ところに求めた。

42

亡《な》き魂《たま》も通ふ夢路《ゆめぢ》はあるものをなどて今宵《こよひ》も見え来《こ》ざりけむ

【出典】『鈴屋集』三

亡くなった人の魂《たましい》であってもこちら側に通うときの夢路というものがあるというのに、あなたの魂はどうして今夜もその夢路にあらわれてくれないのか。

特に表現技巧をこらした歌ではないが、「亡き魂も」「今宵も見え来ざりけむ」の「も」の字が全体に効《き》いているように思える。「亡き魂も」で故人の魂が強調され、下の句に「今宵も」とあることで、亡き人の魂が夢にあらわれることを毎晩待ち続けている様子がうかがえる。

周知のように宣長は、人は皆死後は穢《けが》れた黄泉《よみ》の国に行くしかないと主張した。『古事記』のイザナミの神が、火の神であるカグツチの神を生むとき女陰《ほと》を焼かれて死に、黄泉の国に行ってしまったという神代《かみよ》の事跡があるからだ。宣長にあっては、こうした神代の事跡《じせき》は人間の規範ともなる。仏教のように来世での蘇《よみがえ》りや救済を一切認めなかった。したがって、死はただ悲しむしかないもので、悲しみを悲しみとして受け止めるところに安らぎがあると説《と》いていた。「亡き魂も通ふ夢路はあるものを……」も、悲しみをそれとして受け止めたところに出てきた歌だろうか。

この歌は、門人芝田常昭《しばたつねあき》を偲《しの》んだ歌である。常昭は、伊勢国（三重県）津の出身。最初*谷川士清《たにがわことすが》に師事していたが、安永三年（一七七四）宣長に入門する。詞書によると、学問への志が高く期待の門人だったようだが、四十歳で他界《たかい》した。寛政《かんせい》八年（一七九六）のことである。その年の夏、津に宿を取っていた*芝原春房《しばはらはるふさ》が来訪し語り合っているうちに、ふと常昭のことを思い出し詠んだ歌だという。「石上稿補遺」にも入集《にっしゅう》されるが、それも参照すると、春房は津の*黒川春村《くろかわはるむら》の家に寄宿していたらしい。同じ頃に*須賀直見《なおみ》、*小津正啓《おづまさひろ》も亡くしている宣長は、優秀な門人を相次いで失い、一方《ひとかた》ならず落胆《らくたん》していたに違いない。夢路にあらわれようと思えばできるはずなのに、死者はもうあらわれ出てはくれないのだろうか。

*谷川士清―津市の人で、垂《すい》加神道《かしんとう》の学者（一七〇九―一七七六）。日本書紀の全注釈日本書紀通証や、五十音順国語辞典和訓栞《わくんのしおり》を著した。宣長と競い合う仲であった。

*芝原春房―津市の人（一七七〇―一八〇八）。寛政二年（一七九〇）宣長に入門。宣長を迎えての歌会にも出席する。宣長没後は息子春庭に入門。

*黒川春村―江戸生まれの狂歌師で国学者（一七九九―一八六六）。独学だが宣長の学問方法を学び、厳密な考証学を独自に確立した。

*須賀直見―（一七四三―一七七六）24参照。

*小津正啓―松阪市の商人（一七〇四―一七七九）。宣長が中心となって進めた嶺松院歌会の会員。宣長の源氏物語講釈にも参加している。

43

書《ふみ》よめば昔の人はなかりけり皆《みな》今もある我が友にして

【出典】「詠稿」十八

書を読むと、自分にとって「昔の人」と思える人などいない。書物の著者や登場する人物たちも皆、今の時代にも生き続けている。自分と心の通じ合った友だちとして。

寛政十二年（一八〇〇）に詠まれた「ふみよみ百首」の一つ。宣長は翌年の享《きょう》和《わ》元年（一八〇一）に没したから、彼の学問人生の総決算をこの百首に謳《うた》いあげたといってよい。歌は平易で解釈に戸惑うことはないが、「なかりけり」と三句切れにし、感慨を一度かみしめているところが印象深い。古典に登場する人物群と江戸時代に生きる自分との間に、時の壁を超《こ》えた一体感を味わうのは、まさに宣長のめざした境地《きょうち》に違いない。下の句「今もある我が友」に

【語釈】〇書よめば……20には「古事の文らを読めば古への手振り言問ひ聞き見るごとし」とあった。

より、一体感は十分表現されている。古書《こしょ》に向かう際の彼のスタンスをよくあらわした歌だといえよう。

だが、留意《りゅうい》したいのは、宣長という人は自分が後世《こうせい》（江戸時代）に生きている人間であるという事実を決して忘れなかった人でもある。時代の相違を超えて古人《こじん》と友だちになれる、という理想を単純に振り回すわけではない。

＊これまでも述べてきたが、万葉風の歌を詠めば万葉人と一体化するといった単純な万葉主義者を最も嫌った。後世を否定して上代《じょうだい》を理想化すればそれですむとは思っていない。彼は、歌論などを通して、価値的に後世が優れていることもあることを度々《たびたび》強調した。記紀神話の世界を理想としながらも、『源氏物語』や『新古今集』を好み、後世風の歌も積極的に詠んだ。それが、後世人たることの証《あかし》でもあるかのように。

百首には「漢籍《からふみ》＊も見ればをかしきふしおほし物の理こちたけれども」「仏《ほとけ》書《ふみ》よめばをかしき事おほみ独り笑ひもせられけるかな」といった歌もあるから、儒教や仏教の書物もそれなりに容認するキャパシティを備えていたのだろう。したがって、宣長の古代主義は、当世との関係に常に自覚的でありつつ古書を読み進める実践論と不可分だといってよい。

＊これまでも述べてきた――17、18、20、37、38などを参照。

＊漢籍も見ればをかしき……――中国の書物もよくみると趣深い要素も結構あるよ。物の道理を大げさに説くのはこうるさいけれど。

44

見るままに猶長かれと長月《ながつき》の夜《よ》をさへ惜《を》しむ影のさやけさ

【出典】『鈴屋集』八

こうして夜空の月を眺めているこの状態ができるだけ長く続いてくれるようにと、ただでさえ長い、九月の夜がもっと長くあればいいのにと、惜しまれるような月光のあざやかさであることよ。

享和元年（一八〇一）作。詞書に「九月十三日夜、例よりも殊に清《さや》かなれば」とある。十五夜の月がくっきりと浮かび上がっていたのだろう。それを心ゆくまで眺めていたい宣長の思いがよく出ている。「長かれと長月の」とナ音を続け、「長月」に陰暦《いんれき》九月と時間の長さを懸《か》ける。長さが強調されることになり、宣長の気持ちがよく表現されている。*再三述べたが、宣長という人は、月は満月、桜は満開を好む人だった。欠けた月や散りかかった桜に美を

【語釈】○長月の夜―古来、春の短か夜に対して、私の長《なが》夜《よ》と多くの歌にうたわれてきた。

*再三述べたが―05、09、12を参照。

感じるのとは違う。

だが、この歌を詠む宣長は、特殊な状況にあった。この月の二十九日早朝に、七十一年の生涯を閉じているのである。したがって、これはいわば遺詠《いえい》ともいうべき歌だ。常に書を読むことにいそしんできた宣長が、生涯の終りを予感して、今長月の月を眺めているのである。死後は善人も悪人も穢《けが》れた黄泉の国に行くしかないとし、仏教的な死後の救済を否定した宣長は、夜空の月を眺めているこの状態ができるだけ長く続くように、とひたすら祈っていたのだろうか。「影のさやけさ」という結《むす》びが、妙《みよう》に効《き》いている。

夜空の満月が、何の穢れもなく清々《すがすが》しい光をいっぱいに注ぐ。彼が満開の桜や満月を好むのは、そこに祓《はら》えの対象となるべき穢《けが》れがない状態をみたからではないか。人の代《よ》における「全吉善《もはらよごと》」*を感じる一瞬である。この先は、もう救いのない死があるのみである。同じような状況で、「菊露《きくのつゆ》」と題した「長き夜の一夜を千夜になずらへて明くれば菊の露も消えにき」*の歌もあるが、夜が明ければ露は消えるという厳然《げんぜん》たる事実から逃れず、しかし一切の救済を求めず、それまでの短い一夜を千代になぞらえつつ過ごす。こうした人生観は、もう少し掘り下げて考えてもよい問題だという気はする。

＊全吉善―宣長独特の世界観。穢れのまったくない理想的な状態である。神代では天照大神が全世界を照らす状態を指すが、人代ではいつの日か到達すべき理想世界である。
＊長き夜の一夜を千夜に……―伊勢物語第二十二段の男の歌に「秋の夜の千夜を一夜になずらへて、八千夜も寝ばや飽《あ》く時のあらむ」による。

45

朝霧《あさぎり》の晴るるも待たで心あてに尋ねつつ入《い》る山のもみぢ葉

【出典】「詠稿」十八

朝霧が晴れるのも待ちきれないで、心の向くままに捜し歩きつつ入っていく紅葉の山であることよ。

【語釈】○心あてに―あて推量で、心のおもむくままに。

享和元年（一八〇一）「紅葉ヲ尋ヌ」と題した七連作の第一首目。死を目前にした状況という条件を考えると、紅葉《もみぢ》の山に分け入るのは宣長の魂だといってよい。桜を詠んだ『枕の山』と同じく、時間軸に沿った連作である。心の赴くままに紅葉の山を訪ね歩いてみたい。満開の桜花と同じく、ここでも魂が分け入っている山は紅葉真っ盛りであろう。朝霧《あさぎり》のはれるのも待ちきれない、さあ、紅葉の山へ出発だ！

コレクション日本歌人選［全60冊］

Collected Works of Japanese Poets

【編集】和歌文学会
編集委員＝松村雄二（代表）
田中登・稲田利徳・小池一行・長崎健
笠間書院

【価格】定価：本体1,200円（税別）

うたの森に、ようこそ。

柿本人麻呂から寺山修司、塚本邦雄まで、日本の代表的歌人の秀歌そのものを、堪能できるように編んだ、初めてのアンソロジー、全六〇冊。

特別付録●和歌用語解説

●人生のインデックス

最上川の上空にして残れるは
いまだうつくしき虹の断片
（『白き山』昭二十一、六十五歳）

数ある斎藤茂吉詠の中で、何とも合点の行かない一首でした。消えかかって残ってる虹なら、まわりはぼやけてるはず。「断片」じゃ、イメージが違う。茂吉ともあろう者が、何だ、おかしいじゃない。

ところがです。生れてはじめての東北旅行で、列車が名取川を渡る時、ふっと上を見たら、ありました！　青い空に、ぼやけるどころか、かっきりと角（かど）の立った平行四辺形の、まさに虹の「断片」が、一つならず、二つ、三つ、鮮かな七色に輝いて。茂吉が見たのは、これなんだ。ほんとなんだ。感銘しました。

歌って、こういうものなんです。「和歌はワカらない」なんて、利いた風に言う方があるけど、人生、何でもわかっちゃったらつまらないじゃありませんか。わからないから気になる。気になるから覚えてる。そしてある日ある時、実感として「アッ！」とわかったら、それは自分だけの、一生の財産。歌は、和歌は、その為のインデックスです。

短かくて、リズムがあって、きれいで覚えやすい。初期万葉以来千四百年、御先祖様が残して下さった、自然と人生のインデックス。利用しない手はありません。わかっても、わからなくても、声を出してくりかえし読んで下さい。そうしてなぜか心にとまった何首かが、いつか必ず何かの形で、あなたのお役に立つ事を保証いたします。

岩佐美代子
国文学者

［推薦］**岩佐美代子・篠弘・松岡正剛・橋本治**

コレクション日本歌人選に寄せて

篠　弘

●伝統詩から学ぶ

啄木の『一握の砂』、牧水の『別離』、さらに白秋の『桐の花』、茂吉の『赤光』が出てから、百年を迎えようとしている。こうした近代の短歌は、人間を詠みうる詩形として復活してきた。しかし、実生活や実人生を詠むばかりではなかった。その基調に、己が風土を見つめ、豊穣な自然を描出するという、万葉以来の美意識が深く作用していたことを忘れてはならない。季節感に富んだ風物と心情との一体化が如実に試みられていた。

この企画の出発によって、若い詩歌人たちが、秀歌の魅力を知る絶好の機会となるであろう。また和歌の研究者も、その深処を解明するために実作を始められてほしい。そうした果敢なる挑戦をうながすものとなるにちがいない。多くの秀歌に遭遇しうる至福の企画である。

松岡正剛

●日本精神史の正体

和泉式部がひそんで塚本邦雄がさんざめく。道真がタテに歌って啄木がヨコに詠む。西行法師が往時を彷徨して寺山修司が現在を走る。実に痛快で切実な組み立てだ。こういう詩歌人のコレクションはなかった。待ちどおしい。

和歌・短歌というものは日本人の背骨であって、日本語の源泉である。日本の文学史そのものであって、日本精神史の正体なのである。そのへんのことはこのコレクションのすぐれた解説を読まれるといい。

その一方で、和歌や短歌には今日のメールやツイッターに通じる軽みや速さや愉快がある。たちまち手に取れるし、目に綾をつくってくれる。漢字・旧仮名・ルビを含めて、このショートメッセージの大群からそういう表情をぞんぶんにも楽しまれたい。

橋本　治

●夢の浮橋へ

「美しい日本語」を言う人は多い。しかもそこには「分かりやすい」という条件がつく。「美しい日本語」と「分かりやすさ」は同居しない。なぜかと言えば、「伝える」と「伝わる」の間には、なんらかのギャップがあってしかるべきだからだ。言葉はそのギャップの間にかかる橋で、それが常に平坦な土橋である必要もない。コンクリートの橋である必要も。日本語の「かくあらんかし」という提要が和歌の中にあるのは決まっている。胸の中に生まれる和歌という夢の浮橋から日本人が日本語をスタートさせた以上、我々はもう一度和歌のエッセンスを胸に宿す必要があるのだ。

ご注文方法・パンフレット請求

●全国の書店でお買い求め頂けます。

●お近くに書店が無い場合、小社に直接ご連絡いただいても構いません。

電話03-3295-1331　Fax03-3294-0996　メール info@kasamashoin.co.jp

お葉書＝〒101-0064　東京都千代田区猿楽町2-2-3

笠間書院「コレクション日本歌人選」係

ところで、この歌は、時間軸に沿った七連作の第一首目なので、単独で鑑賞するよりも、後に続く歌の展開の中に置いて味わった方が効果的だと思われる。次の歌は「尋ね入る麓の木々も色ふかし峯の紅葉は散りやしぬらん」。魂は、すでに山の麓《ふもと》にきている。あたりの木々を見渡すと、紅葉の色が深い。これだと、峯《みね》の方はもう散り始めているのではないか心配だ。第三首目は「麓より紅葉の色も深くなる山路《やまぢ》の末《すゑ》を猶尋ね見ん」。心配しつつ登っていくが、紅葉の色は登るに連れて深くなっていく様子を確認した。紅葉の深さを追って山路《やまじ》の果てまでも歩いてみたくなる。第四首目「尋ねても行きて折らばやよそにのみ峯のもみぢ葉道しらずとも」には、尋《たず》ね歩くうちに湧《わ》いてくる思いが詠まれる。外から眺めているだけだった峯の紅葉葉《もみぢば》を、是非そこに行って折ってみたいという衝動だ。実際に登りながらではどのあたりになるかわからないが、それでも何とかその現場に行きたいのである。桜の花にしろ紅葉にしろ、折るのはルール違反のはずだが、やはり折って持ち帰りたいという衝動は抑《おさ》え難《がた》いようだ。ここでふと第一首目をみると、「朝霧の晴るるも待たで」のリズムで動いていることがわかる。ゆっくり過程を味わうのではなく、気がはやり、ひたすら紅葉の山へと向かうのである。

第五首目は「苦しとも思はでぞ入るもみぢ葉にそめし心のふかき山路は」。宣長の魂は、いささかの苦しさも覚えず山深く分け入る。紅葉の深い色が心に染《し》み込《こ》み、その思いが果てしなく続く山路を見つけ出しているかのようだ。第六首目は「染めてゆく時雨《しぐれ》の雲の跡とめて我も紅葉に山めぐりしつ」。あたり一面の紅葉は、紅葉の色に染まった時雨雲《しぐれぐも》のようにみえるのだろうか。その跡《あと》を求めて宣長の魂も紅葉めぐりを続けていく。時雨空が紅葉に染まるところがわかるほどに峯近く登ってきたということか。自分も山めぐりをするという。第七首目は「遠方《をちかた》やしぐるゝ雲を目にかけてまづ尋ね行く山のもみぢ葉」。遠方の時雨雲をめがけて、まだまだ登っていくのだ。

　桜の開花をうたった『枕の山』の場合は、三百首にも及ぶ連作だったので、「紅葉ヲ尋ヌ」の七首とは詠まれた一齣一齣《ひとこまひとこま》へのこだわりが異なるのは当然だが、それ以上に大きく違う点があるのではないか。すなわち、『枕の山』には、眼前の桜の花が散ってしまった後でも、その余韻《よいん》を記憶しながら夏秋冬を過ごし次の春での再開花を待つという、いわば円環《えんかん》した時間の中で詠まれていた。桜花が散るのを惜しむ歌は、同時にひたすら次節《じせつ》の開花を「待つ」モードの歌でもある。が、死を覚悟した時期に歌われた「紅葉ヲ尋ヌ」の連作には、次節はもう望めない。ただ、鮮《あざ》やかな紅葉に彩られた深山《みやま》を、どこまでもどこまでも登り続けるしかない。登るのを止めたら、来世の救いなど求められない穢《けが》れた黄泉《よみ》の国に赴くしかないのだから。

さて、このようにみてくると、どうしても知っておきたいのは、宣長の死《し》生観《せいかん》である。彼は、人は死後は善人も悪人も皆黄泉の国に行くしかないと説いていた。いくら生前に善行を積んでも、この運命からは逃れられない。だから、この世で死を迎えることほど悲しいものはないのだと言う。しかし、この悲しみを悲しみとして正面から受け止めるところに「神道の安心」があるとするのである。これは、「神のさだめ」に随順《ずいじゅん》する「*安心《あんじん》」であろう。諦念《ていねん》ともいうべきか。来世での救いを求めようとすること自体、「神のさだめ」にそむくことであり、宣長の認めるところではなかった。ただ、来世での救いを一切容認しない彼の考えは、江戸時代にあっては受け容《い》れられなかったようである。彼は、いつの日かまた生まれ変われると信じていたのだろうか。毎年散っては咲く桜花のように。このあたりの死生観については、検討の余地を多く残している。

＊安心―元来は仏教用語で、不動の境地を指す。宣長は、来世に救いを求めて「安心」を得ようとする仏教や、儒教の道理は手前勝手な「安心」、空論にすぎないと批判した。そして「安心なき安心」こそ「神道の安心」だと主張する。相良亨『本居宣長』（東京大学出版会、一九七八）参照。

歌人略伝

本居宣長は、享保《きょうほう》十五年（一七三〇）伊勢国松坂《まつさか》で生まれ、享和《きょうわ》元年（一八〇一）に七十一歳で生涯を終えるまで、遊学や旅行以外は当地を出ることはなかった。伊勢市の紙商今井田家の養子に入るも二年で離縁。十八、九歳頃から和歌の道に心を寄せ始めたようで、二条派末流の法幢《ほうとう》和尚に手ほどきを受ける。宝暦《ほうれき》二年（一七五二）から五年間憧れの京都に遊学し、朱子学者でありながら詩文や日本の古典に理解の深い堀景山《ほりけいざん》塾で学ぶ。漢学や記紀・万葉等に触れ、契沖《けいちゅう》『百人一首改観抄』にも出会う。帰郷後は、地元の二条派流の嶺松院《れいしょういん》歌会を母体に、和歌や『源氏物語』などの講義を始めた。歌論書『排蘆小船《あしわけおぶね》』『石上私淑言《いそのかみささめごと》』、『源氏物語』の評論書『紫文要領《しぶんようれい》』で「物のあはれ」論を唱えたのは誰しも知るところ。宝暦十二年（一七六二）草深たみと結婚。翌年、松坂の旅宿新上屋《しんじょう》で賀茂真淵《かものまぶち》と対面。翌明和《めいわ》元年（一七六四）真淵に入門した。真淵との出会いによって『古事記伝《こじきでん》』執筆の方向は定まったが、歌に関しては、万葉主義をとる真淵と齟齬《そご》するも、終世『新古今和歌集』や「後世風《こうせいふう》」を重視する自説を曲げなかった。この頃から本格的に『古事記伝』執筆に没頭し、寛政《かんせい》十年（一七九八）に完成する。その間、『詞《ことば》の玉緒《たまのお》』をはじめ国語学的な著作も世に出した。安永《あんえい》～天明《てんめい》年間に、儒者市川《いちかわ》多門《たもん》や上方文人上田《うえだ》秋成《あきなり》との論争を通し自らの国学の方法を自覚していく。寛政年間に入ると、妙法院宮《みょうほういんのみや》を介し『古事記伝』を光格帝《こうかくてい》に献上、紀州藩への仕官、名古屋への出向と、社会活動にも精を出す。享和元年（一八〇一）には京都で公卿相手に講義をし、小澤蘆《おざわろ》庵《あん》、伴蒿蹊《ばんこうけい》等当時有名な文人とも交わる。同年九月二十九日早朝永眠。

略年譜

年号	西暦	年齢	宣長の事跡	歴史事跡
享保十五	一七三〇	0	伊勢国松坂本町の木綿問屋に小津定利《さだとし》の子として生まれる。幼名富之助。	
寛延　元	一七四八	18	伊勢の今井田家の養子となる。同三年に離縁。	
宝暦　二	一七五二	22	医学修行のため京都遊学。堀景山に入門し儒学を学ぶ。姓を本居に改める。契沖の『百人一首改観抄』に出会う。	
五	一七五五	25	名を宣長、号を春庵と名乗り、医者となる。	
七	一七五七	27	松坂に帰り医業を開く。賀茂真淵『冠辞考』を読み、衝撃を受ける。	
八	一七五八	28	嶺松院歌会に初詠出。『源氏物語』講釈開始。	尊王論者竹内式部処罰（宝暦事件）。
九	一七五九	29	最初の歌論書『排蘆小船』執筆か？	
十三	一七六三	33	五月に賀茂真淵と対面（松坂の一夜）。『紫文要領』『石上私淑言』を著し、「物のあはれ」論を唱える。	
明和　元	一七六四	34	賀茂真淵に入門。『古事記』研究に着手。	

	三	一七六六	36	『源氏物語』の第一回全巻講釈終了。以後、四回にわたって全巻講釈。	尊王論者山県大弐処刑（明和事件）。
安永	三	一七七四	44	『直霊《なほびのみたま》』講釈開始。	
	五	一七七六	46		上田秋成『雨月物語』刊行。
	八	一七七九	49		塙保己一『群書類従』着手。
天明	三	一七八三	53		浅間山大噴火。諸国で飢饉。
	四	一七八四	54	六月『漢字三音考』脱稿。	志賀島で金印発見。奥州で大飢饉。
	五	一七八五	55	上田秋成との『呵刈葭《かがいか》』論争が始まる。	
	六	一七八六	56	『古事記伝』出版活動開始。	
寛政	二	一七九〇	60	九月『古事記伝』初帙（巻一～五）刊行。	老中松平定信による寛政異学の禁が発令。
	四	一七九二	62	紀州侯に仕官。	
	十	一七九八	68	『古事記伝』全四十四巻脱稿し、慶賀歌会挙行。『うひ山ぶみ』成る。	
	十二	一八〇〇	70	『枕の山』成る。翌年刊行。	
享和	元	一八〇一	71	九月二十九日早朝、七十一歳の生涯を閉じる。	

解説　「宣長にとっての歌」――山下久夫

通常の歌人とは異なる作家態度

本居宣長の歌に関する中野重治《しげはる》の次のような評は、よく知られるところである。「何であんな立派な学者が、あんな変な歌を一生だらだらと懲《こ》りずまに書いたのだろうとほんとうに不思議に思う」「詩としては話にもならぬあんな歌を、あんなにたくさん、あんなに長年書いたその強さ、息の長さに驚嘆する。……これは、やはりそらおそろしいほどの人物だったにちがいない」（中野重治「不思議な人」）。『古事記伝』によって『古事記』研究史上に金字塔を打ち立てたほどの大学者宣長も、中野にいわせると、歌人としてはどうにもならないほどダメだということになる。

確かに、宣長の歌を高く評価する人はいないようだ。実際彼は、万葉風を掲げるのでもなく、『古今集』を手本とした歌を詠むのでもなく、『新古今集』の美的理念である幽玄《ゆうげん》・有心《うしん》体《たい》や複雑な歌語の用法を模した歌を詠むわけでもない。では、いずれの歌風にも偏《かたよ》らない独自の境地を披露するかといえば、これぞ宣長流の珠玉といったものはまったくない。要するに、通常の歌人の基準でいくと、宣長の特徴は捉《とら》えようがないのである。『古事記伝』を中心とした学問的著作の高名なるに比し、その落差は信じ難いほどだ。

そこで、宣長の歌を取り上げるには、視点を変えて臨《のぞ》まなければなるまい。通常の歌人とは異なる枠組《わくぐ》みが必要なようである。中野の評にしても、歯牙《しが》にもかけないというのではなく、つまらないとしか思えない歌を性懲《しょうこ》りもなく詠み続けた宣長の資質には、ただ者ではない何かを感じているのである。

鑑賞文でも度々述べたが、彼は、万葉風を気取る歌人と明確に距離をおいた。当時国学者として古代を理想化する賀茂真淵は、その理想を『万葉集』の歌風に求め「ますらをぶり」を掲《かか》げた。そして、万葉風に倣《なら》った歌を「古風」と称し、『古今集』『新古今集』以下の「後世風」と明確に区別する。真淵の門人たちも、当然のように「古風」を口にする。

だが、宣長は違った。真淵同様、国学者として「古《いにしへ》の道」を唱えながら、歌に関しては、「古風」のみならず「後世風」も積極的に詠むべし、と主張する。元来堂上《とうしょう》の二条派という「後世風」から出発し、同派中興の祖といわれた頓阿《とんあ》法師『草庵集《そうあんしゅう》』の評釈も手がけていたのだが、あるとき『草庵集』など歯牙にもかけない真淵の逆鱗《げきりん》に触れ、破門に近い叱責《しっせき》を受ける。だが、「後世風」を重視する姿勢は決してブレなかった。むろん、「古風」を軽視する態度もとらない。やがて、一つの方法として、「古風」と「後世風」の詠み分けを行い、一つの歌風に偏《かたよ》らない立場を示した。歌人にとって重要なのは、「古風」と「後世風」とを明瞭に弁別する眼であり、弁別に自覚的でありさえすればいずれを詠もうと何ら問題ない、と明言するのである。しかし、歌風の詠み分けなどは、当時から歌人としては日和見《ひよりみ》、無定見だと評され、大方の顰蹙《ひんしゅく》や失笑を買うことになった。村田春海《むらたはるみ》は、古体《こたい》、近体《きんたい》の別はおのずからあらわれるのであり、構えて詠むものではないとし、宣長的な詠み分けは偽物《にせもの》作りの行為だと批判する。けれども、宣長は、少しも悪びれず、読み分けを続け「あんな変な歌を一生だらだらと懲りずまに書いた」わけである。

「心《こころ》」よりも「詞《ことば》」を重視

それにしても、通常の歌人では考えられない詠歌態度を示す宣長は、歌に対してどのような認識をもっていたのだろうか。

ここで想起されるのは、宣長が若い頃の歌論書『排蘆小船《あしわけおふね》』『石上私淑言《いそのかみささめごと》』において、歌は思いのまま＝「実情」を詠むのではなく、必ず詞《ことば》に「文《あや》」を用いて表現するもので、その「文」によって人も神も感動するのだと力説している点である。つまり、歌の「心」よりも「詞」＝表現技巧を重んじるのである。近世では、歌は伝統的な法式や禁制に縛られず思いのままを詠むべきだとする「実情」論が唱えられた。「実情」論は、和歌の伝統を墨守《ぼくしゅ》する堂上歌壇の旧弊《きゅうへい》を指弾《しだん》する和歌の革新運動の波に乗って登場した理念であっただけに、国学者の中ではある意味で自明のような位相《いそう》を占めていた。しかし宣長は、「実情」論の自明性にメスを入れ、あえて「詞」の「文」を強調したのである。『万葉集』の歌ですら素朴な心情の表出ではなく、表現技巧を凝らした歌だとした。ましてや後世になれば、複雑化した表現技巧が用いられるのは当然だという。真淵が嫌った『新古今集』を逆に高く評価したのは、縁語《えんご》や掛詞《かけことば》、語の呼応といった表現技巧が縦横に駆使《くし》された歌集とみたからである。あの有名な「物のあはれ」論も、「詞」の精選による典雅《てんが》な表現を通してこそ「あはれ」の情趣が発露されるとする主張であった。「実情」の表出を素朴に肯定しない点で、宣長は他の近世歌人とは根本的に違う。

「日本語《やまとことば》」という普遍的な理念へ

このような一般的な「実情」論にあえて棹差《さおさ》す宣長の意味をどう考えたらよいのか。どうやら彼は、もはや歌論の枠内では処理しきれない問題を抱えたのではないかと思われる。まず想起したいのは、歌論書『石上私淑言』の冒頭で、広くいえば三十一字の和歌のみならず、俳諧、俗謡、浄瑠璃すべて「歌」だと明言している点である。彼には、ジャンルも時代の相違も超えた包括的な視座が感じられるからだ。彼は若き頃から、「歌」を論じながらジャンルも時代も超えた位相を求めていたのではないか。

三十一字の歌を対象にしつつも、その枠内には収まらない何かを常に感じていた宣長。菅《かん》野覚明《のかくみょう》『本居宣長』（ぺりかん社、一九九一）は、「実情」論を解体して「詞」に注目した宣長が、やがて和歌を通して「テニヲハ」や語彙《ごい》、音韻《おんいん》、文法の法則などに気づき、日本語独自の不可思議な働きに目覚めていった過程を重視している。『テニヲハ紐鏡《ひもかがみ》』『詞《ことば》の玉緒《たまのお》』等の語学的著作がその成果であるのはいうまでもない。菅野氏の論を媒介とすると、どうやら宣長は、ジャンルや時代を通底する「日本語《やまとことば》」という包括的な視座を得、言葉そのものの働きに目覚めていったように思われる。宣長には、『古今集』を近世俗語風に訳した『古今《こきん》集遠鏡《しゅうとおかがみ》』という書がある。当時古今風を模倣する風潮は一般的だったとしても、『古今集』の歌を近世の俗語に訳して理解しようと発想する者はいなかった。これを可能にするには、「雅」も「俗」も、あるいは時代による言葉の相違も、包括する視座を得ていなければなるまい。これが、「日本語《やまとことば》」という普遍的な視座だったのではないか。

また、「意《こころ》」と「事《こと》」と「言《ことば》」は概《おおむ》ね一致するもので、『古事記』の示す上代人の「意」と「事」は「言」にこめられとするのが、『古事記伝』の信念だったことはよく知られている。小林秀雄『本居宣長』は、「歌ハ言辞ノ道」だと自覚した宣長が、やがて言葉の力への信頼へと行き着いたことをくり返し強調していたではないか。このような宣長には、近世の通常の歌人のように万葉風あるいは新古今風に上達しようと修練する意識は、ほとんどなかったのではないか。ひたすら、言葉の働きの普遍性を感じることに関心を向けていたと考えてよい。

したがって、本書においても、宣長が下手な歌詠みであるという大方の評価を否定しようとは思わない。ただ、宣長らしさを伝えるために、稀《まれ》にあるかもしれない秀歌を苦心して選ぶのではなく、例えば彼のこよなく愛した桜の花を題材とした連作『枕の山』を取り上げてみた。連作では、夏や秋の真っ只中で春の桜を想起し季節感を二重化して歌うあり方に、かえって彼の世界観がにじみ出ていて、「らしさ」を伝えることができると考えたからである。また、彼の思想や学問観が直接あらわれた歌や「古風」(古体)、「後世風」(近体)の詠み分けをおこなった歌も、彼の主張に即するという意味で鑑賞の対象に選んである。

何はともあれ、宣長の歌の良し悪しを評価する基準を、私たちは未だ持ち得ずにいる。ならば、良し悪しなど越えた視座を確立してみたいものだ。

読書案内

『本居宣長全集』第十八巻　筑摩書房　一九七三
『枕の山』『玉鉾百首』『石上集』などを所収。
『本居宣長全集』第十五巻　筑摩書房　一九六九
『石上稿』『鈴屋集』「詠稿」などを所収。
『本居宣長事典』　本居宣長記念館　東京堂出版　二〇〇一
本居宣長没後二〇〇年を機として編纂された。本居宣長とその周辺の人物、宣長の著書と関連書、国学関連の事項について解説した最新の事典。
『本居宣長』　小林秀雄　新潮社　一九七五
批評による自己実現を目指す著者が、宣長の中に「無私」の態度を確認して筆を置いた書。歌は実情をストレートに述べるのではなく「詞」を飾って詠む「言辞ノ道」であることから入り、言語に本来備わる表現力を明確に浮かび上がらせている。
『江戸文人切絵図』　野口武彦　冬樹社　一九七九
『新古今和歌集美濃の家苞』を分析し、宣長が『新古今和歌集』のもつ幽玄や有心体といった美的理念をまったく理解せず、縁語や掛詞、後の配列、文法等に関心を抱いていることを明らかにしている。

『内なる宣長』　百川敬仁　東京大学出版会　一九八七
若き日に儒学者のような支配イデオロギーの学問に与し得ずアイデンティティの危機を覚えていた宣長が、以後危機感を逆手にとって、「物のあはれ」論や『古事記伝』の執筆などで延々とその克服の過程として捉える。異色の宣長論。
『本居宣長―道と雅び―』　菅野覚明　東京大学出版会　一九九一
歌の「心」よりも「詞」を重視する宣長の歌論が、歌論の枠を超え、国語学的著作を通して「日本語」の位相を発見していく様相をたどっている。
『本居宣長の生涯』　岩田隆　以文社　一九九九
京都遊学中での堀景山や賀茂真淵との出会い、和歌や物語論から『古事記伝』執筆、紀州や京都での講義など、宣長の生涯に即しつつ宣長学の形成する過程を丁寧に追う。
『宣長さん』　中根道幸　和泉書院　二〇〇二
同じ「伊勢人」としての親しみをこめた「宣長さん」という呼称で、宣長学全体を描こうとする。資料や想像力を縦横に駆使して宣長学を立体的に描く。
『本居宣長の大東亜戦争』　田中康二　ぺりかん社　二〇〇九
大東亜戦争期における宣長受容のあり方を丹念に調査しながら、正面から扱った書。皇国史観の形成されるプロセスが、宣長受容を通して明らかにされている。

本居宣長（抄）

『本居宣長』（新潮文庫　平成四年五月）

小林秀雄

「うひ山ぶみ」を書く頃になると、真淵の亜流を、はっきり意識して、「今の人は、口には、いにしへ〳〵と、たけ〴〵しく、よばはりながら、古《いにしへ》への定まりを、えわきまへざるゆゑに、古へは、定まれることはなかりし物と思ふ也」と笑っている。歌の伝統の姿の、退《の》っ引《ぴ》きならぬ定まりが、眼に映じてもいない者が、復古を口にしてみたところで、空《むな》しい事だ。歌は、主義や観念から生れはしない。詠歌とは長い伝統の上を、今日まで生きつづけて来た、具体的な言葉の操作である。「今の世」「今の心」の、それも歌道の衰退した現在の現れという、実際問題である。この宣長の考えは、「あしわけ小舟」「うひ山ぶみ」を通じて一貫している。詠歌の手本として、「新古今」は危険であるし、「万葉」は、「世モノボリテ、末ノ世ノ人ノ耳ニ、トヲクシテ、心ニ感ズル事スクナシ」、「上古ノ歌ノサマヲミ、詞《コトバ》ノヨツテオコル所ヲ考ヘナドスル、歌学ノタメニハ、ヨキ物ニテ、ヨミ歌ノタメニハ、サノミ用ナシ」。そうなると、詠歌の実際問題としては、「歌の真盛《マサカリ》」を達成した定家の、「モツパラ三代集ヲ用ヒテ手本ニセヨ」という考えは、「中古以来ノオキテ」として、今も動かない。だ

小林秀雄《こばやしひでお》（文芸評論家）［一九〇二—一九八三］『小林秀雄全集』。

がこれとても、動かす必要がないというだけの話で、手本として絶対だと言うのではない。「うひ山ぶみ」では、「代々の集を見渡すことも、初心のほどのつとめには、たへがたければ、まづ世間にて、頓阿《とんあ》ほふしの草庵集といふ物などを、会席などにも、たづさへ持て、題よみのしるべとすることとなるが、いかにもこれよき手本也」と言っている。明らかに、これは宣長自身そうして来た事を、正直に語っているのである。宣長は、自身の実際の経験に即した事しか、人に教えなかったとも言えよう。

ここに、詠歌の上で、歌学をどう心得るかについての、彼の意見を引用しておくもよかろう。

「今の世にいたりても、歌学のかたよろしき人は、大抵いづれも、歌よむかたつたなくて、歌は、歌学のなき人に、上手がおほきもの也。こは専一にすると、然《しか》らざるとによりて、さるだうりも有ルにや。さりとて、歌学のよき人のよめる歌は、皆必ズわろきものと、定めて心得るは、ひがごと也。此二すぢの心ばへを、よく心得わきまへたらんには、歌学いかでか歌よむ妨ゲとはならん。妨ゲとなりて、よき歌をえよまぬは、そのわきまへのあしきが故也。然れども、歌学の方は、大概にても有べし。歌よむかたをこそ、むねとはせまほしけれ。歌学のかたに、深くかゝづらひては、仏書からぶみなどにも、広くわたらでは、事たらはぬわざなれば、其中に、無益の書に、功《テマ》をつひやすことも、おほきぞかし」(「うひ山ぶみ」)――これも、自分の事を言っているのだと思えば面白い。宣長は、歌学者であって歌人ではなかった。そう言うと、従って、彼にとっては、詠歌は、歌学の為の手段に過ぎなかったと、苦もなく言葉を続けたがるが、大事なのは、この手段という言葉の、彼にとっての意味合なのだ。

　歌に行く道は、歌を好み信じ楽しむ人にしか開かれていない。歌を知るには、歌を詠《よ》むという大道があるだけで、他に簡便な近道はない。この考えは、宣長にとっては、殆《ほとん》ど原理の如きものであって、遂に歌人となって、歌学が手段となるか、歌学者に成長して、詠歌が手段となるかは、それから先きの話なのである。詠歌は歌学の骨格を成すものであり、詠歌の上で、古風後世風を、自在に詠み分けられないようでは、歌学者とは言えない。その点で、彼は、はっきりした自信を持っていたし、歌学者として、この自信があれば足りるとしていたので、名歌を詠もうとも、自作が名歌だとも、考えてはいなかった。彼の歌は、大部分後世風のものだとは言えるが、新古今風のものとは言えない。古学を事とする者が、何故後世風の歌を、多く詠むかという質問に対しても、彼の答えは、まことにはっきりしている。「古風は、よむべき事すくなく、後世風は、よむ事おほきが故也。すべていにしへは、事すくなかりしを、後世になりゆくまに〳〵、万《よろづ》の事しげくなるとおなじ」（「うひ山ぶみ」）、理由は、簡単明瞭だ、自分は後世に生れ合せたからだ、と言うのである。

　私達は、「万の事しげ」き今の世に生きているので、これをどうしようもない。宣長は、文中に、次のような問いを設けている、「モシ、マハリトヲク、今日ニウトキヲ、キラハバ、和歌モ同ジ事也。誹諧《ハイカイ》コソ、今日ノ情態言語ニシテ、コレホド人ニ近ク、便ナルハアラジ。何ゾコレヲトラザル」、答えて曰《い》わく、「スベテ、我方ニテ、連歌誹諧謡《ウタヒ》浄瑠璃《ジヤウルリ》小歌童謡ノルイ、音曲ノルイハ、ミナ和歌ノ内ニテ、其中ノ支流、一種ノ音節体製ナレバ、コレラニ対シテ、和歌ヲ論ズベキニアラズ。其中ニツイテ、雅俗アルヲ、風雅ノ道、ナンゾ雅ヲステテ、俗ヲトラン。本ヲオイテ、末ヲモトメンヤ。サレドモ又、コレモソノ人ノ好ミニ、マカスベシ」。その人の好みにまかすべし、という言葉は、此処《ここ》だけではない。文中幾つも出て来る。「詩ガマサレリト思ハバ、詩ヲツクルベシ、歌ガオモシロシト思ハバ、歌ヨムベシ。又詩歌ハ事情ニトヲシ、誹諧ガ、今日ノ世情ニチカシト思ハバ、ソレニナラフベシ。又詩歌連誹《レンパイ》、ミナ無益トオモハバ、何ニテモ、好ムニシタガフベシ」。こういう言い方は、宣長の明瞭な時代意識を示す。

学問界も、正学《せいがく》の権威は、既に地に落ちて、「甲の説を、乙はそしり、東の論をば、西にてやぶり、かの升《ます》にはかり、車につむべきやから、さま〳〵の説を、いひのゝしり、湯の沸くがごとく」（「花月草紙」二の巻）と、やがて松平定信に言わせ、「異学の禁」を招く情勢を準備していた。宣長が「ソノ人ノ好ミニ、マカスベシ」と言うのは、自分は自分の好みに従うという意味である。自分も、諸君の流儀で、自分の好む歌学に従い、自分の信ずる見解を述べるだけだが、学問の方法まで、自分の好みに従ってくれるとは夢にも思っていない。自分の歌学では、歌の雅俗という審美《しんび》的判断と、歌の伝統の本流支流という歴史的認識とは、同じものだ。彼はそう言いたいのだ。

（以下略）

山下久夫（やました・ひさお）
＊1948年鹿児島県生。
＊立命館大学大学院修了。博士（文学）。
＊現在　金沢学院大学文学部教授。
＊主要著書・論文
『本居宣長と「自然」』（沖積舎）
『秋成の「古代」』（森話社）
「篤胤のトポス」（「日本文学」No. 616）ほか。

本居宣長《もとおりのりなが》　コレクション日本歌人選　058

2012年7月30日　初版第1刷発行

著　者　山下久夫
監　修　和歌文学会

装　幀　芦澤泰偉
発行者　池田つや子
発行所　有限会社　笠間書院
東京都千代田区猿楽町2-2-3［〒101-0064］
電話　03-3295-1331　FAX 03-3294-0996
NDC分類 911.08

ISBN978-4-305-70658-4

印刷／製本：シナノ
（本文用紙：中性紙使用）
乱丁・落丁本はお取り替えいたします。
出版目録は上記住所または info@kasamashoin.co.jp まで。

コレクション日本歌人選　第Ⅰ期～第Ⅲ期

＊印は既刊。　★印は次回配本。

第Ⅰ期　20冊　2011年（平23）2月配本開始

1	柿本人麻呂＊	かきのもとのひとまろ	髙松寿夫
2	山上憶良＊	やまのうえのおくら	辰巳正明
3	小野小町＊	おののこまち	大塚英子
4	在原業平＊	ありわらのなりひら	中野方子
5	紀貫之＊	きのつらゆき	田中登
6	和泉式部＊	いずみしきぶ	高木和子
7	清少納言＊	せいしょうなごん	圷美奈子
8	源氏物語の和歌＊	げんじものがたりのわか	高野晴代
9	相模＊	さがみ	武田早苗
10	式子内親王＊	しょくしないしんのう（しきしないしんのう）	平井啓子
11	藤原定家＊	ふじわらていか（さだいえ）	村尾誠一
12	伏見院＊	ふしみいん	阿尾あすか
13	兼好法師＊	けんこうほうし	丸山陽子
14	戦国武将の歌＊		綿抜豊昭
15	良寛＊	りょうかん	佐々木隆
16	香川景樹＊	かがわかげき	岡本聡
17	北原白秋＊	きたはらはくしゅう	國生雅子
18	斎藤茂吉＊	さいとうもきち	小倉真理子
19	塚本邦雄＊	つかもとくにお	島内景二
20	辞世の歌＊		松村雄二

第Ⅱ期　20冊　2011年（平23）10月配本開始

21	額田王と初期万葉歌人＊	ぬかたのおおきみ しょきまんようかじん	梶川信行
22	東歌・防人歌＊	あずまうた さきもりうた	近藤信義
23	伊勢＊	いせ	中島輝賢
24	忠岑と躬恒＊	みぶのただみね おおしこうちのみつね	青木太朗
25	今様＊	いまよう	植木朝子
26	飛鳥井雅経と藤原秀能＊	まさつね ひでよし	稲葉美樹
27	藤原良経＊	ふじわらのよしつね（りょうけい）	小山順子
28	後鳥羽院＊	ごとばいん	吉野朋美
29	二条為氏と為世＊	にじょうためうじ ためよ	日比野浩信
30	永福門院＊	えいふくもんいん（ようふくもんいん）	小林守
31	頓阿＊	とんな（とんあ）	小林大輔
32	松永貞徳と烏丸光広＊	ていとく みつひろ	高梨素子
33	細川幽斎＊	ほそかわゆうさい	加藤弓枝
34	芭蕉＊	ばしょう	伊藤善隆
35	石川啄木＊	いしかわたくぼく	河野有時
36	正岡子規＊	まさおかしき	矢羽勝幸
37	漱石の俳句・漢詩＊		神山睦美
38	若山牧水＊	わかやまぼくすい	見尾久美恵
39	与謝野晶子＊	よさのあきこ	入江春行
40	寺山修司＊	てらやましゅうじ	葉名尻竜一

第Ⅲ期　20冊　2012年（平24）6月配本開始

41	大伴旅人★	おおとものたびと	中嶋真也
42	大伴家持	おおとものやかもち	池田三枝子
43	菅原道真	すがわらのみちざね	佐藤信一
44	紫式部＊	むらさきしきぶ	植田恭代
45	能因	のういん	高重久美
46	源俊頼＊	みなもとのとしより（しゅんらい）	高野瀬恵子
47	源平の武将歌人＊		上宇都ゆりほ
48	西行	さいぎょう	橋本美香
49	鴨長明と寂蓮★	ちょうめい じゃくれん	小林一彦
50	俊成卿女と宮内卿	しゅんぜいきょうじょ くないきょう	近藤香
51	源実朝＊	みなもとのさねとも	三木麻子
52	藤原為家＊	ふじわらためいえ	佐藤恒雄
53	京極為兼	きょうごくためかね	石澤一志
54	正徹と心敬＊	しょうてつ しんけい	伊藤伸江
55	三条西実隆	さんじょうにしさねたか	豊田恵子
56	おもろさうし＊		島村幸一
57	木下長嘯子	きのしたちょうしょうし	大内瑞恵
58	本居宣長＊	もとおりのりなが	山下久夫
59	僧侶の歌★	そうりょのうた	小池一行
60	アイヌ神謡集ユーカラ		篠原昌彦

『コレクション日本歌人選』編集委員（和歌文学会）
松村雄二（代表）・田中　登・稲田利徳・小池一行・長崎　健